KB065627

문학과지성 시인선 547

나는 겨울로 왔고
너는 여름에 있었다

임승유 시집

문학과지성사

문학과지성사에서 펴낸 임승유의 시집

아이를 낳았지 나 갖고는 부족할까 봐(2015)

문학과지성 시인선 547
나는 겨울로 왔고 너는 여름에 있었다

초판 1쇄 발행 2020년 10월 16일
초판 8쇄 발행 2024년 6월 24일

지 은 이 임승유
펴 낸 이 이광호
주   간 이근혜
편   집 조은혜 최지인 이민희 박선우 방원경
펴 낸 곳 ㈜**문학과지성사**
등록번호 제1993-000098호
주   소 04034 서울 마포구 잔다리로7길 18(서교동 377-20)
전   화 02)338-7224
팩   스 02)323-4180(편집) 02)338-7221(영업)
전자우편 moonji@moonji.com
홈페이지 www.moonji.com

ⓒ 임승유, 2020. Printed in Seoul, Korea

ISBN 978-89-320-3780-6 03810

이 도서의 국립중앙도서관 출판예정도서목록(CIP)은 서지정보유통지원시스템 홈페이지
(http://seoji.nl.go.kr)와 국가자료공동목록시스템(http://www.nl.go.kr/kolisnet)에서
이용하실 수 있습니다. (CIP제어번호: CIP2020042176)

문학과지성 시인선 547

나는 겨울로 왔고 너는 여름에 있었다

임승유

시인의 말

생활하고 싶었다.

2020년 10월
임승유

나는 겨울로 왔고 너는 여름에 있었다

차례

시인의 말

1부

문법

눈을 뜨니

풀밭이 펼쳐졌다. 펼쳐지는 풀밭의 속도를 따라잡으려다가 멈춘 것처럼 꽃이 있었다. 예쁘다고 말하면 뭐가 더 있을 것처럼 예뻤다.

뒤로 물러나면 더 많이 보이고 많이 봐서 끝이 보일 때

뭐가 있어?

이불을 끌어다 덮으며 네가 물었고 뭐가 있다고 하면 끝이 안 나는 풀밭이었다. 눈을 감으면

눈꺼풀 안쪽까지 따라오는 풀밭이었다. 빛이 부족해지면 풍경은 생기다 말았다는 듯 풀이 죽었고

그만해

그런 말은 풀을 뜯어내고 남은 말에 가까웠다.

지역감정

어디야

영주

나는 이수

외투를 여미며

우린 여자아이와 있는 걸까

여름에 쌓아 올린 과일 바구니가 겨울로 쏟아져

경사면이 생겼다

영주는

과일이 맛있고

이수는

여름 샌들이 잘 어울린다

손을 잡고 걸으면

플라스틱 장난감을 태운 것처럼 색색의 불꽃

중간에

기차가 지나가는 벌판을 가져다 놓고

뒤를 돌아보면

이수는

영주는

손을 흔들며 지나가는

늙지 않는

여자아이였다

나는 겨울로 왔고 너는

여름에 있었다

휴일

휴일이 오면 가자고 했다.

휴일은 오고 있었다. 휴일이 오는 동안 너는 오고 있지 않았다. 네가 오고 있지 않다는 것을 어떻게 아는지 모르는 채로 오고 있는 휴일과 오고 있지 않은 너 사이로

풀이 자랐다. 풀이 자라는 걸 알려면 풀을 안 보면 된다. 다음 날엔 바람이 불었다. 풀을 보고 있으면 저절로 알게 된다. 내가 알게 된 것을

모르지 않는 네가

왔다 갔다는 걸 이해하기 위해 태양은 구름 사이로 숨지 않았고 더운 날이 계속되었다. 휴일이 오는 동안

유원지

남들도 다 가니까

처음 와본다는 것을 알면서도 가기로 했지 이 도시에서 아는 곳은 여기밖에 없고

남들도 처음이겠지 혼자는 그러니까 같이 왔겠지 모두가 혼자였다면 너는 혼자 가지 않았을까

혼자 가면서 혼자가 아니라는 사실을 발끝으로 밀어내며

앉았다 가면 더 오래 갈 수 있다는 듯 앉아 있으면 이 길은 아무 데서도 끝나지 않을 거라는 믿음으로

조성되고

차례

그러던 어느 날 우리 가족은 휴가를 떠나기로 했다.

저녁 식사를 하는 중이었고 할아버지는 40년 전에 이미 트렁크를 들고 문간에 서 있었다. 할머니는 이후 9년 동안 짐을 더 쌌는데 언제 계단을 내려왔는지 모르겠다.

아버지는 뜰에 나무 한 그루 심어놓고는 간지럽고 슬프고 물든다고 꼼짝도 안 하더니 벌써 떠나고 있었다. 이제 뒤늦은 짐을 싸야 하는 우리는 휴가지로 적당한 곳을 물색 중이었고

타일러 부부가 셰필드에서 조금 더 가면 나오는 이델이라는 작은 마을에서 매년 며칠씩 묵곤 했다는 사실을 기억해냈다. 그럼 엄마는 누가 와서 되나. 흑백 사진 바깥으로 이파리를 떨구는 나무의 밤이었으므로 간지럽고 슬펐다.

장면 속으로 들어간 일가족이 나오지 않았다.

화단 만드는 방법

수요일을 잃어버린 너에게

등을 보이고 앉아 있는 여자가 있다. 되풀이되는 꿈속에서 여자는 되풀이하여 등을 보여준다.

마당에 내리는 눈과 벽과 벽 사이에 내리는 눈으로 내리다가 더 내릴 수 없는 눈으로 눈 뭉치를 만들어 던져봐.

수요일에 닿도록
날아가 너의 등에 닿도록

세계의 끝이 너의 등 뒤라는 이상한 말을 들려주던 선생이 돌아가신 지 서른여섯 해가 지났는데도 등이 따갑고 시리고 녹아내리는데

손에 잡히는 대로 꺼낸 건 털 뭉치. 툭 던져놓으면 토끼풀밭을 뛰어다닐 듯 뛰어다녔지.

토끼의 발이 귀나 코처럼 얼다가 녹다가 화요일이나

목요일쯤에 쌓여 있다면. 양말에 사이좋게 두 발을 집어넣는다면. 빛나는 칠월은 칠월이면 돌아오는 거라서

뜯어내 으깬 잎으로 국을 끓여 먹었다. 무릎에 새 한 마리를 올려놓고 덤불덤불 우는 새를 따라

샛길 같은 목청을 갖게 되었다. 엄마 엄마 엄마

엄마를 부르면 저녁이 오고 집이 가까워지고 식구들이 모여 앉아 국을 떠먹는다. 자꾸자꾸 넘기는 국물처럼

가늘고 길게 이어지는 노래를 부르는 새가 무슨 새인지도 모르면서 노래를 부른다.

숨소리는 등 뒤에서 들린다.

주인

집에 누가 와 있다고 말해주는 사람이 있어서 따라나
섰다. 집에 가는 길인데도 누군가의 안내를 받는 게 이상
했지만

안내를 받으니까 어디든 갈 수 있을 것 같았다.

이 구역은 건조하고 이 구역은 추워서 침엽수가 자랐
다. 자라면서는 누가 와 있으면 좋겠다고 생각했는데 이
제 집에 가면서

한 그루의 나무를 지나면 또 한 그루의 나무가 막아서
는 복도를 지났을 뿐인데 높이가 다른 생활이 지나가고

내가 모르는 생활이면 안 될 것 같아서 고개를 들었다.
분명 누가 와 있었다. 앉아서 물을 마시고 있었다.

서상조라고 합니다.

그가 말문을 열었다. 기다렸던 게 뭔지에 대해 내가 말
할 차례였다.

야유회

빙 둘러앉아서 수건 같은 걸 돌리고 있다가 한 사람이 일어났으므로 따라 일어났다. 일어나면서 어지러웠는데

사과라면 꼭지째 떨어지는 기분이었을 것이다. 이게 시작이라는 걸 모르는 채

흙먼지를 일으키며 버스가 지나갔고 그게 영동에서의 일인지 빛을 끌어모아 붉어진 사과의 일인지

이마를 문질러도 기억은 돌아오지 않았다.

한 사람을 따라갈 때는 어디 가는지 몰라도 됐는데 한 사람을 잃어버리고부터는 생각해야 했다. 이게 이마를 짚고 핑그르르 도는 사과의 일이더라도

사람을 잃어버리고 돌아가면 사람들은 물어올 것이고

중간에 무슨 일이 있었는지 설명할 수 없는 나는 아직 돌아가지 못하고 있었다.

공원에 많은 긴 형태의 의자

나를 두고 왔다.

앉아서 일어날 줄 모르는 나를 두고 오는 수밖에 없었
지만 그때 보고 있던 게 멈추지 않고 흐르는 물이라서

어디 갔는지도 모른다. 어디 갔는지도 모르면서 여름
이 오고

여름엔 장미가 피었다 지기도 하니까 붉어지는 데 집중
하다 떨어진 장미를 집어 들고 어떻게든 해보려는 사이

장미는 다 어디로 갔다.

남겨두기 위해서라면 한 번쯤 비유를 끌어다 쓰는 수
밖에 없었고 결국 모여 있던 아이들이 빠져나간 후에 남
은 의자처럼

찾아가지만 않는다면

거기 그대로 앉아 있을 것이다.

아름답고 화창한 날

나와 보니 밖이었다. 밖은 안에 있는 게 없었다. 없는 게 있으면 밖은 지속되고

없는 상태로

지속되는 밖에서는 누가 있는지 모른다. 지나간다. 지나가는 마음으로 가득하다. 밖은 빈 데 없이 많고

널리 퍼져 있고

끝이 안 보인다. 처음부터 다시 시작하지 않으려면 밖을 옮겨야 하는데

밖을 옮기는 데는 시간이 많이 걸린다. 걸리는 게 많으면 피곤해진다. 어디 안으로 들어가고 싶은데

밖은 만연해 있다.

연애

누구야

너는 묻고

아무도 아니야

내가 대답한다

우리는 잡았던 손을 다시 잡는다

돌던 운동장을 다시 돈다

운동장은 어디서 끝나니

너는 묻지 않았고 나는 대답하지 않았다

아까 지나쳤던 나무는

어디서 시작했는지 알 듯도 한데

벌써 나무는 몇 번이나 멀어졌는지 모른다

눈이 왔으면 좋겠다

너는 혼잣말을 하고

그러면 발자국이 생길 거야

나는 속으로 생각했다

상자

여기 올려놓을게.

너 들으라고 한 말인데 알아버렸다. 그때는 내가 없겠구나. 상자에는 다음 대청소 때 쓸 수세미가 들어 있다. 잘 말린 수세미를 차곡차곡 개서 담아두었다.

말하지 않았다면 몰랐겠지.

여기저기 상자는 놓여 있고 상자를 피해 다니다가 상자는 어디에 두는 거지. 그런 생각만 드는 아침에

파티션 너머에서 너는 말을 하고 있고 나는 그 말을 듣고 있다. 이런 젤리를 왜들 그렇게 좋아하는 걸까.

머리카락을 귀 뒤로 넘기며

2부

어느 날 오후

무슨 일이 일어났다. 무슨 일이 있는지 알아보느라 나는 아무 일도 못 했고

사람들은 왔다 갔다 했다. 사람들이 왔다 갔다 하느라 넓이가 생겼다. 저기 입구까지 생겨났다. 입구로부터 누가 걸어오고 있었다. 누군지 아직 몰랐지만 알게 된다면

정말 무슨 일이 일어날까 봐

바닥을 치웠다. 엎드려 바닥을 치우고 있으면 바닥없는 날들이 벌써 몇 번째인지 모르겠고

이 집은 언제나 조용해서 물컵을 내던지고 산산조각 난다. 사람들이 돌아가고 난 다음이다.

새

자작나무를 심었다. 자작나무 옆에 자작나무를 심고 하루 종일 심다가 해가 넘어가면 다음 날 와서 심었다. 때리는 것 같았다. 맞아서 일어나지 못하는 것 같았다. 이러면 안 된다고 그만 집으로 갔으면 좋겠다고 앉아서 울다가

자작나무를 심기 시작한 후에는 자작나무 밖에는 아무도 없어서 누운 자작나무를 일으켜 세워가며 자작나무를 더 심었다. 자작나무를 다 심을 수 있을 때까지는 세상이 지속되었으면 좋겠다고 자꾸 누우려는 언덕을 일으켜 세우다 보면 자작나무가 자작나무를 앞서가는데

그때부터 먼 곳을 보는 버릇이 생겼다.

면적

마가린을 죽였다

나뭇가지를 분질러 갖고 다니다가

테이블이 기어 나오면

때려 죽였다

난간을 바라보다가 난간만큼 자라 난간을 넘어간 소년
의 압력으로

살이 오르고

귀가 쭉 찢어진 의견을 내놓는 화이트를

눌러 죽였다

결혼식

버스에서 내려 이정표를 따라갔어. 나는 저 사람들이 다 나와 같은 방향인 줄 알았는데 정신 차려보니 어디 가고 없더라고. 이제부터 정신 차려야 할 때

나 누구한테 말하고 있는 거니. 나무를 보다가 나무가 멈춘 걸 알았다. 그래도 너한테 말하고 있어.

나무가 다시 갈 때는 간격이 있고 나는 무사히 도착했다. 딴 데 간 줄 알았던 사람들이 모두 여기 모여 있더라고. 이제 너를 찾기만 하면 돼. 안녕하세요. 그동안 잘 지내셨죠. 인사를 하고 돌아다니다가

끝나버렸다. 우린 잘 지냈으면 좋겠다.

설명회

　인근의 잘 알려진 건물에서 시작된다. 멀리서 걸어오면 시작된다. 어디서부터 시작됐는지 묻지 않기로 하면 시작된다. 아침에 있었던 일은 덮어두고

　오늘은 충분치 않다는 생각을 하면 시작된다. 이번 여름에 몇 번은 더 있을 거라는 소문에서 몇 번은 더 시작된다. 비가 오면 젖은 채로 시작된다. 빛은 들어오다가 앉은자리에서 놓쳤다. 사람이 어울렸다.

　문을 열면 의자가 놓여 있는 건물이 어울렸다. 깊숙이 들어가면 깊어지고 의자가 부족하면 의자를 가져올 수 있는 가능성이 어울렸다. 도시가 끝나면 시작되는

　벌판이 어울렸다. 벌판에서 한참을 더 걸어가면 건물이 나오고 주머니에서 뭔가 꺼내려 하면 사람이 걸어 나왔다.

식당

속을 밖으로 꺼냈는데 상하지 않았다.

상하려면

하루나 이틀을 더 기다려야 했다. 식당은 문을 열지 않는 시간이고 식당은 일층을 지나 이층을 지나 어느덧 사층에

아무도 없다.

아무도 없어서 식당은 아무 데도 갈 수 없다. 누가 오지 않는다면 식당은 있다고 할 수 없다. 누구와 있었던 적이 있는데

그건 지나간 일이 되었다.

아무 말도 하지 않고 나와서 생긴 일이었다.

반창고

버리고 올게

네가 무거운 것을 끌고 나간 후에 나는 저녁을 가장 사랑했다. 저녁은 무겁고 무엇보다도 전부였기 때문이다.

어떤 색으로도 되돌릴 수 없는

네가 들어와 환하게 드러난 자리를 쓸고 닦는 동안 손가락으로 숲을 가리키면 숲은 더 들어가고 더 깊어져서 감자와 설탕을 먹었는데

그만 일어나

그런 말을 들으면 이제 감자가 한 알도 남지 않았다는 사실을 깨닫는다. 여기서 나가려면

문을 열기만 하면 된다.

장소

사람이 와서 앉아 있다가 갔다. 해가 넘어갔다.

사람이 다시 와서 앉아 있다가 갔다. 해가 넘어갔다.

사람이 오면

누군가 생각하기로 했다. 생각하면 알아보는 사람이
생기고 해가 넘어가고 사람이 오고 사람이 가고

사람을 생각하느라

여기가 어딘지 모르겠다. 낮이 몰려다녔다. 아침저녁으
로 몰려다녔다. 몰려다니느라 뭘 하고 있었는지 잊었다.

사람이 와서

앉아 있다가 내려갔다.

중앙교육연수원

생각이 잘 안 나서

생각나는 일을 시작했다. 시작하고 나면 뒤를 보는 사
람도 있지만 뒤는 잡아끌고 내가 왜 이렇게 뒤를 보나 그
런 생각이 들 때면 이미 앞으로는 한 발짝도 움직일 수
없어서

주차장에 있었다. 북쪽 해안가까지 풀숲이 이어져 있고

안에서와는 달리

밖에서 자라는 것들은 웅크리고 그러다 때를 만나면
있는 힘껏 갈 데까지 가버린다. 쫓아오지 마. 그런 것도
아닌데 쫓아가다 말았다. 막 무슨 생각을 하다가 말고는

놓친 게 뭔지 몰라서

창문을 닫지 못하고 있다. 손을 좀 봐야 하는 것이다.

직원

직원이 될 수도 있었고 직원이 되지 않을 수도 있었다. 직원은 먼저 와서 쳐다보는 사람인데

당신은 직원이오! 말해주는 사람 없이도 창문 닫을 시간이 되면 직원이 되어 있었다.

창문이 창문에게 건넨 귓속말로 복도는 길어지고 혼자 남아서 창문 닫는 직원은

가루를 개서 만드는 반죽과 살을 으깨서 만드는 반죽의 차이 같은 걸 고민하다가 나눠 먹으려고

양쪽을 잡아당겨 주르륵 쏟아지는 높이를 세우면

새들이 날아와 부딪혔다. 질끈 눈을 감는 사이로 들어간 새들과 들어가지 못한 새들이

안과 밖을 나눠 가졌다.

옆이 있다고 믿으면서 옆을 밀고 나가면 떨어지는 높이였다.

나가려고 했다면

바람에게는 얼마나 안전한 높이인가. 직원은 마지막까지 남아서 쳐다보는 사람인데

창문을 닫을 수도 있었고 닫지 않을 수도 있었다.

자본주의

생각에 생각을 거듭해서 생각했다. 생각의 구덩이가 생겼다. 구덩이를 보려고 무릎을 꿇었다.

쏠리지 않으려는 쪽이었을 때

생각이 보였다. 무서운 생각이었다. 귀가 커지는 생각이었다. 생각을 덮어버리는 생각이었다.

상관없어

저 깊은 구덩이에서 나도 모르게 죽어도 상관없다는 생각. 무서웠는데 이미 무서운 생각을 해버렸다. 다들 한 번쯤 해봤는데 뭐 어때

그런 생각

생각을 파고들수록 어려웠다. 어려울 때는 덮어놓고 생각하는 것도 방법인데 방법적으로 어떻게 접근하면 좋을지

다시 생각하기 시작했다.

날씨

서른세 명의 아이가 털실로 모자를 짜고 있다. 서른세 명의 아이가 한꺼번에 모자를 짜고 있어서 눈이 멈추지 않는다. 기분이 멈추지 않는다. 서른세 명의 아이는 모자를 다 짜면 일제히 모자를 쓰려고 한다. 희수에 닿으려 한다. 수연에 닿으려 한다. 눈은 눈을 보다가 눈을 놓친다. 발을 헛디딘다. 습자지를 만지다가 습자지를 적시는 슬픔. 서른세 명의 아이가 발을 헛디뎌서 서른세 명의 아이는 서른세 명의 아이를 놓친다. 눈이 그친다. 아이들을 일으켜 세울 수가 없다.

3부

흔적

마을을 벗어나면 마을이 나온다. 이웃 마을이다. 이웃
마을에는 이웃이 산다. 아침을 먹고 점심을 먹고 저녁을
먹는다. 내가 이불을 덮고 잠든다면 이웃도 잠들었을 것
이다. 식빵에 딸기잼을 발라놓으면 조금 오래 갔다. 한 번
가보고 몇 번이나 가게 됐다. 내가 잠들지 않고 밖으로
나온다면 이웃은 집에 안 들어갔을 것이다. 이웃 없는 집
은 귀를 잘라낸 푸딩 같아서 두드리면 덩어리째 흔들렸
다. 분명 소리를 냈을 텐데. 안 들렸기 때문에 이웃은 던
져졌다. 형체도 없이 부서지는 아침으로.

상근이

앞에서 걸어오는 건 상근이었다. 아 상근이

상근이가 도착하기 전에 상근이를 불렀다. 오이를 깨물기 전에 아삭 소리를 들은 것처럼 상근이는 얼마나 상근이에 근접하고 있나. 나는 상근이를 아는 사람으로서 상근이에 대해서라면 한마디쯤 해도 좋겠다는 생각이 들고

오이밭에 오이를 따러 가면서 내가 아는 오이 중에 그러니까 그때 내가 손을 내밀면서도 조금밖에 떨리지 않아서 미안했던 오이 중에 아 상근이는 없다. 나는 왜 상근이를 알고 있지? 내가 물으면 상근이는 얼마나 기분이 상할까. 그렇더라도 상근이가 옆을 지나갈 때 상근아, 하고 부르면 상근이는 그제서야 눈을 들어 아, 하지 않겠어? 이젠 정말 상근이를 부르는데

상근이는 그냥 지나간다. 오이를 모르는 상근이처럼.

홍성

국수를 삶았다

두 시간에 한 대씩 다니는 버스가 두 시간마다 한 번씩
지나간다

기대앉은 벽이 등을 빠져나간다

어두워지는 부엌에서 어두워지는 바깥을 본다

단 하나의 칼을 무수히 꽂은 채

마당은 마당을 움켜쥐고 있다

낙타 한 마리 지나가지 않는 게 이상하다

한국식 낮잠

길고 긴 목구멍으로

한 명의 아이가 왔다 두 명의 아이가 왔다 고개를 넘어
오는 마차에 실려 한꺼번에 왔다

마을은 한 번은 마을이었다는 듯이

노래 불렀다

열 명의 병사가 옮기고 스무 명의 병사가 옮기는 어깨
너머로

장미 주위를 돌자
*주머니 가득한 꽃다발**

문을 닫고 들어간 마을을 향해 동그라미를 그리면 내일
만나서 놀자던 아이들이 모여들고 머리 감고 가겠다고

한 번 더 노래 불렀다

한 번 더 노래 부르면 머리 감으러 갔던 강물이 머리카락이 되도록 머리 감게 될 거야

　둘둘 말아 올려서 젖는 줄도 몰랐는데

　쉿 쉿 쉿 쉿
　다 같이 미끄러져 구르네 *

　더 크게 동그라미를 그리다가 더 작은 동그라미가 되어 사라지는 아이들을 따라 부르는 노래

　노래를 불렀다

––––––––––

* 마더구스.

대식 씨

대식 씨는 이렇게 말할 것 같다.

맘에 안 들어.
나도 대식 씨한테 말해주고 싶은 게 있다.

나도 맘에 안 들어. 하지만 대식 씨,

헛간에서는 헛간 냄새가 나. 술병한테서는 술냄새가
나고. 가지한테서는 가지 냄새가 날 것 같지만 가지는 너
무 멀다.

대식 씨는 가지와 비슷해진 걸까. 조금 더 밀고 나가면

오가는 길에 매일 봤어. 엄청 큰 나무 아래 드러누워
벌벌 떨던 대식 씨의 영혼, 대식 씨의 내일

단 한 방이었으면 해

나뭇잎을 읽을 땐 빈틈없는 내부가 아니라 떨고 있는

외부라야 하니까 살인자가 되어 전장을 누볐다.

단 한 방이었지만
일몰과 같은

문을 열면 바깥은 조금 부족해. 술병이 넘치기 전에 술
이 포기한 조금. 그래 조금이야. 대식 씨,

사실

여기 영혼이 있어.

불쑥 그런 말을 해버렸다. 숙소를 떠난 지는 한참 되었
다. 왜 그런 말을 하냐며 너는 울먹이고

여길 봐.

이렇게 빛나는 이게 영혼이 아니면 뭐겠니.

머릿속이 하얘지는데 이건 아니라며 너는 돌아가자고
한다. 마지막으로 누가 불을 끄고 나왔는지 기억이 안 난
다. 노력해도 안 되는 일이 있다. 앞으로 이런 일은 일어
나지 않을 거야.

일어난 일을 따라 걷기로 한다.

멀리 불빛이 보이는 장면은 옛날이야기에 종종 나온다
한번 가면 못 나오는 거다.

알고 있었다.

경찰서

경찰서를 보고 있었다.

경찰서가 보이는 위치에 있기 때문이다. 누가 나를 보고 싶다면 위치를 잘 잡으면 된다.

그것 말고도 더 있다.

경찰서 밖에서는 경찰서가 더 잘 보였다. 다른 것들도 보였다. 확신할 수는 없지만 계속 보고 있으니까

가까워졌다.

멀지 않으니까 좋았다. 경찰서 앞에까지 가보기도 했다. 비가 많이 온 어느 날은 문을 열고 들어갔다.

더 이상 경찰서가 보이지 않았다.

근무

울타리를 지날 때 나도 모르게 쥐었던 손을 놓았다. 나
팔꽃의 형태를 따라 한 것이다.

오므렸다가 폈다가
안에 든 것이 뭔지 모르면서 그랬다.

살아 있다면

뛰어다녔을 것이고 뛰어다니면 어지럽고 뛰어다니면
시끄러우니까 쉬는 시간인가 보다 그러면서 붓 같은 걸
로 살살 털어주면서 붓을 갖다 놓으면서 문을 닫고 나왔
는지도 모른다. 어쩌면

창백한 도감이었는지도 모른다.

물가에 앉아서 생각에 빠져서 종이에 싸 갖고 온 것을
풀어보다가 아무것도 없어서 아무것도 아닌 것을 주머니
에 넣어 오다니 내일은 그러지 말아야지 다짐하며 천천
히 일어날 때

쏟아지는 빛의 한가운데였다.

물감이 마르는 동안이라고 했는데

아직 거기 남아서 꿈틀대고 있었다. 여전히 내가 뭔가
쥐고 있다는 사실을 믿을 수가 없었다.

여기

두 팔을 감싸 안으며

카디건을 걸치면 더 있을 수 있을 텐데. 말해보는 여기. 여기는 마음에 든다. 없어지지 않으면 좋겠다. 물이 없어서 물을 따라왔다. 물은

살아가는 데 없어서는 안 될 중요한 물질이고

카디건의 성질은 따뜻하다. 알맞게 높은 온도는 마음이 놓인다. 마음을 놓자 뭔가 달라진다. 변한다. 여기서 여기를 놓친다. 여기를 돌려놓으려고

아무 데도 가지 않는다.

어디 갔다가 왔을 때 여기가 어딘지 몰라서 아무것도 못 했던 때가 물처럼 고여 있다. 빠져나가지 않도록 물을 더 따랐다. 물속에 물이 있다. 여기는 여기서 아무 데도 못 간다.

여기는 찾아온 곳이다.

시민

내가 이 도시에 와 있다는 걸 아무도 모른다. 그래서 아는 사람 집으로 찾아갔다. 문을 두드렸는데

대답이 없어서

왔다 갔다는 그런 메모를 남겼다. 내가 왔다 갔다는 메모를 보고 그 사람이 나를 생각하고 있는 동안에

도시를 걸어 다녔다. 식당에 들어가 점심을 먹고 우거진 공원을 돌아다녔다. 오줌이 마려워 화장실에 들어갈 때

누가 없나 살펴봤는데

그런 나를 누가 보고 있다는 생각으로 끝이 없었다. 끝도 없이 이 도시 구석구석을 돌아다녔다.

4부

미래의 사람

이 무덤은 숨어 있기에 좋다.

누가 오고 있다면 내다보기에 좋다. 이 무덤은 내다보기에 좋아서 누군가 오고 있다. 중간에 나무 한 그루가 있었지만 그는 거기서 멈추지 않았다.

멈추지 않고 걸어오는데도

오늘 안으로 도착할 것처럼 보이지 않는다. 더운 여름이 보이지 않고 산적을 데우는 불길이 보이지 않는다. 저녁 먹으라고 불러주는 사람이 없는

이게 하나의 장면에 불과하더라도

구겨버리지만 않는다면 누군가 오고 있다.

오렌지와 잠

오렌지를 먹어야지.

오렌지를 보다가 잠이 들었다. 자는 내내 오렌지 생각을 했다.

지금은 오렌지를 벗겨 먹은 후다.

내버려두면 상하는 오렌지와 하룻밤을 보내는 동안 오렌지를 잘 알았어야 했다는 생각이 들었다.

오렌지의 분명한 색깔
오렌지의 유통 경로
오렌지를 먹겠다고 생각하며 잠들었을 때 오렌지는 뭘 하고 있었는지 잠을 자긴 한 건지

여기서

내가 더 나간다면 오렌지는 용서를 알게 된다.

용서가 색깔을 갖게 되고 용서가 달콤해지고 잘못했다
가는 용서가 벗겨지면서

오렌지를 두고는 잠을 잘 수가 없게 된다.

중학교

중학교를 지나갔다. 모르는 중학교다.

아는 중학교 앞으로는 개울이 흘렀다. 밤에도 흘렀다.
뒤로는 산이 있었다. 시커멓고 커다랗게 있다가 내려오면

화단이 있었다. 화단 옆에 가사실이 있었다. 낮에는 미
트볼을 해 먹었고 밤에는 해 먹은 적 없다.

중학교를 지나갔다.

피아노

나에게 패딩 점퍼를 팔고 피아노를 접은 주인을 생각하면 화가 난다. 무겁다고 했는데 괜찮다고 잘 어울린다고

그래서 몇 번을 더 갔다.

그때마다 무거웠는데 어울리긴 했다. 잘 어울린다고 해서 전주까지 다녀왔는데 전동 성당에서 눈도 맞았는데 피아노를 접어버리다니. 패딩 점퍼는 오래돼서 무슨 덩어리와 같아졌다. 한번 입으려면 어디로 들어갔다가 나와야 하는지 두 팔을 올리고

이것 봐, 도무지 모르겠어.

뭐 현실에 비하면 아무것도 아니지만 힘이 든다. 어떻게든 걸치면 세상 따뜻하다. 세상도 그랬으면 좋겠는데

피아노는 문을 안 연다.

모텔

찾아간 모텔은 초입에 있고 예상보다 모텔은 더 있어서 모텔은 모텔을 끌고 들어간다.

모텔은 모텔을 따라간다. 모텔은 모텔을 떠올린다. 모텔은 중요한 지점이 있다. 그 지점에서 망설인다. 잠깐 여기 있으라 하고 먼저 간다. 구름을 생각하고 달걀을 생각하고 환한 날개를 생각하다가

모텔은 놓친다 모텔을 의심한다.

모텔은 모텔로 어두운 부분을 만들고 어두운 부분에서 잠시 모텔에 가깝다. 입구에서 보다 모텔에 가깝다. 모텔이 모텔을 생략하기로 하면

모텔에 다 왔다.

변명

왜 자꾸 쳐다보니

벌써 몇 명은 알아챈 것이다. 뒤를 볼 것이다.

애들은 한 번도 날 안 보는 적이 없었어. 내가 안 본다면 모를까. 하지만 나는 나만 보고 있을 수 없는걸. 나만 보고 있으면 나를 어쩌지 못해 손톱이 잘려 나가는걸. 잘려 나간 손톱을 찾기 위해 책상 속도 뒤지고 사물함도 열어 보고. 너희 필통도 열어 보다가

뭐 하니

나갔다 온 네가 물어보면 응, 누가 자꾸 날 불러

그러면 너는 뒤도 안 보고 가버리는 것이다. 누가 나를 안 불렀으면 좋겠다. 불렀다면 내 손에서 떨어져 나가지 않았으면 좋겠다.

생활 윤리

의자가 스물아홉 개라서 서른번째 나는 의자를 갖고 오는 사람이 되기로 했지.

뭐든 되기로 하면 되는 거지. 의자에 앉아서 생각하다 가 의자에 앉아 생각하는 사람이 되었다. *너는 여기에 없 는 사람처럼 구는구나 그럴 거면 뭐 하러 여기 있는 거야*

이런 말을 듣고 나면 손을 쓸 수 없다. 내가 바닥에서 주운 연필만 해도 서른 개가 넘는다. 뾰족한 걸 많이 갖 고 있으면 나누고 싶고

다른 애가 되어 일어날 땐

손에 뭐가 묻어 있다. 바닥을 짚었을 뿐이라고 두 손을 허벅지에 문지르면 내가 무릎을 펴는 사람이라서 다행 이다.

여기 있으려면 여기 있어야지

백 번 천 번 맞는 말이다. 나는 여기 있으려고 그랬던 거다. 그러니까 화내지 마요. 화가 날 땐 많은 색깔을 갖고 있는 거랬다. 잘 어울린다는 건

원피스와 양말과 운동화

내일의 조합을 생각하면 막 웃음이 나와 하루를 더 살 수 있을 것 같다.

어두운 구석

　고기와 술과 신선한 과일을 먹은 후

　제공해주신 분께 감사드리며 위에서부터 아래로 단추
가 중앙을 여며주는 슬림 브이넥 리넨 원피스

　블랙이었는데 그때부터다. 편하고 안전한 세계에 빠져
든 건. 타이디 무드 슬리브리스, 하운드 체크 슬리브리스,
와이드 스트레이트 핏 서머 쿨 슬랙스, 클래식 라운드 원
피스

　이후로는

　아무 데나 갈 수 있었다. 안 가도 되지만 갈 수 있다면
그보다 좋은 건 없으니까. 어디서나 나를 볼 수 있었다.

단체 사진

　오래전부터 계획된 일이다. 갈 때는 우르르 몰려갔고 몰려가서는 웃고 떠드느라 입을 크게 벌렸는데

　말할 수 없이 슬퍼졌다. 그런 말을 잘도 한다며 너는 웃지만

　슬픔에는 물이 섞여 있고 누가 옆에서 건드리면 위아래로 출렁이고 슬픔에 대해 말할 수 없는 시간이 지나면 슬픔은 쪼그라들고

　건포도 같아

　집어서 던지면 바깥으로 나갈 것처럼 배경이 잘려 있다. 나는 빨리 끝내고 싶고

　무섭다 무섭다면서 따라가면 안 되고 그래서 다 어디로 가버렸다. 금방 끝나는 풍경은 안 쳐다봤고 금방 안 끝나는 풍경을 따라온 건데

　너무 멀리 왔다.

굳게 먹은 마음

아저씨는

흰 꽃이 최고라고 했다. 그게 뭔지도 모르면서 고개를 끄덕였다. 빨간 꽃도 있었고 분홍 꽃도 있었다. 무슨 꽃이 더 있다고 한 것 같은데

기억이 안 나서

데려왔다. 그렇게 해서 흰 꽃 옆에 있게 되었다. 아직은 잘 모르지만 며칠 후에는 드러날 것이다.

모란에서는 네 옆에 앉아 있다가 아무 말도 못 하고 돌아왔다. 돌아온 후에는 좀 잤다.

민주주의

나갔다가 들어와서

코트를 벗었는데 코트가 끝나지 않아. 너의 말이 끝나지 않아. 코트를 걸어놓고 코트 아래 앉아 무릎을 모았어. 두 팔로 안으며 거의 축조되고 있는 가운데

모르는 게 있었다.

잘 모른다며 일어나지 않고 있었다. 거의 굳어가고 있었다. 그러고 있으면 안 돼. 흔들어 깨우면 갑자기 눈을 떠서는 여기가 어딘지 몰라 두리번거리다가

아 추워

면적을 끌어모아 면적을 줄이고 공설 운동장은 공설 운동장에서 벗어나지 않는다. 사람들이 와서 배드민턴을 치다가

물을 벌컥벌컥 마신다.

과거

언덕을 오르고 있었다. 내가 언덕을 오르고 있어서 언덕은 내려갈 수 없었다. 고개를 숙일 수 없었다. 몰래 웃을 수도 없었다. 어디 가서 몰래 웃고 오기라도 한 것처럼 언덕을 오르면

언덕은 먼저 가서 언덕이 되어 있었다. 기다리고 있었다. 기다리기 싫어서 먼저 안 간 어느 날

언덕이 사라지기라도 한 것처럼 눈앞이 캄캄한 적도 있지만 언덕을 보면서 언덕을 오르면

언덕은 어디 안 가고 거기 있었다. 한번 언덕이 되면 언덕은 멈출 수 없다. 가다가 멈춘 언덕이라면 언덕은 다 온 것이라고. 잠깐 딴생각을 하다가 언덕을 잊어버린 언덕처럼 앉아 있으면

네가 지나갔다.

5부

얼마 지나지 않아

너는 이사 갔다. 편의점에서 맥주 마시고 데려다준 적 있어서 어디 사는지 알고 있을 때는 언제든 너 보려면 맥주 마시고 데리러 가면 된다 생각했는데

너는 이사 갔다. 살던 곳에서 조금 더 들어간 무슨 빌라라고 하는데 세상에는 조금 더 들어간 빌라가 너무 많고 날이 점점 추워지고 있어서 편의점에 들러 맥주 마실일도 없어지고

조금 더 들어간다는 것은 조금 더 생각한다는 것인지 조금 더 미뤄둔다는 것인지 조금 더 가난해진다는 것인지

차를 타고 조금 더 들어가면 나오는 집 앞에서는 생각이 많아졌다.

점프슈트를 입고 걸어 다녀

아직 없지만

점프슈트를 입고 걸어가보려 해. 앉아 있으면서 걸어가는 걸 보는 게 아니라 걸어가면서 앉아 있는 걸 보는 거야.

왜 그럴 때 있잖아. 가다가 살짝 옆을 보는

뚫어지게 쳐다보는 건 안 할 거야. 그렇게 보는 건 이제 안 하기로 했으니까. 뭔가 따라온다는 생각을 버리면 성큼성큼 걸어갈 수 있어. 가다가 발목이 시리면 아직 신발을 안 신은 거고

잠깐 쉴까.

나는 그런 게 좋았어. 다리가 길어지는 사람들이 거리로 나오는 게. 죽 이어진 길이 되는 게. 내가 아직일 때, 사람들이 먼저 나와서 이게 여름이지 뭐가 여름이겠어, 행동으로 보여주는. 안 그랬다면 나는 아무것도 몰랐겠지.

거리는 있고

가다가 방향을 틀면 또 거리가 있고 아직 밖으로 나가지 않았지만 이미 밖은 있어서

한 손엔 텀블러를 들고

오른발을 내밀면 왼발이 따라오는, 아직 점프슈트를 가지진 않았지만 점프슈트를 입고 걸어 다니는

누구를 만날 것처럼 가다가 아무도 못 만났는데도 다 만난 것처럼

그 정도의 양말

양말이 가득했다. 부드럽고 따뜻해서 잘 때 신으면 좋은 그런 양말 말이다. 이젠 거의 안 남았는데 나도 왜 그렇게 됐는지 모르겠다. 문 열고 나가면 와 있는 계절처럼

볼 때마다 네가 양말을 줘서

얼른 집에 가고 싶었다. 그건 양말의 비밀이다. 발가락 사이에 하얗게 거품이 일도록 씻은 후 양말을 신어보는 것. 양손으로 두 발을 쥐고 코가 닿을 것처럼 양말을 보는 것. 나한테 양말은 그 정도였고

지금은 없어진 양말을

다시 있게 하려면 어떻게 하면 좋을지 생각해보고 있다. 겨울이 가기 전에 방법을 찾고 싶고 이런 건 어떨지 모르겠다. 누구를 만나더라도 양말 얘기는 꺼내지 않으면서 다니다가

양말 하나는 손에 들고 집에 오는 것. 그렇게 양말이

많아져서 그 정도의 양말이면 뭐든 해볼 수 있겠다 싶을
때까지

　해보는 것 말이다.

물을 가득 담은 유리그릇

좋아 보여.

그런 말을 들으니 좋았다. 동생이 '언니는'이 아니라 '언니가'라고 했다는 게 한참 후에 기억났고, 그래서 더 좋았다.

그때도 좋고

한참 지나서 더 좋은

둘 다 좋아서 다행이라고

동생이 일어나면 말해줘야지 하다가 "나도 그렇게 지내도 되나? 웃으면서 내가 그래도 되나?" 동생도 보고 있다는 드라마 주인공이 식당에서 밥 먹으며 꺼내놓는 말을 듣다가

아직 잠들어 있는 동생에게

그래도 되나

물어보면

흔들리는 건가. 흔들려서 넘치는 건가. 동생의 잠을 적시는 거라면 싫은데. 내가 너 때문에 되는 일이 없다고 잡히는 대로 집어 던진 물건이 아직 도착 안 한 거라면, 그래서 깨지는 소리가 여기까지 미치지 않은 거라면

모든 걸 물어볼 수는 없는 노릇이다.

무지개 생기는 게 좋아서 물을 가득 담은 유리그릇을 햇빛 닿는 곳에 놓아둔다는 어느 가족 이야기나 꺼내놓으면

좋을 것이다.

영화나 한 편 보자고 해서

멸치 육수를 내고 면을 삶아 국수를 해 먹은 후에 집에서 나왔다. 영화가 시작되기까지는 시간이 좀 남아서

걷다가

털실로 짠 장갑이 하나 갖고 싶어 가게 문을 열고 들어갔다. 그게 그거 같으면서도 조금씩은 다른 장갑을 고르느라 시간이 얼마나 흘렀는지 몰랐고 그다음에는

만지작거리다 그냥 두고 온 장갑 생각에

어디야

네가 물어봐서 뒤를 돌아봤을 때는 어디가 어딘지 모르게 돼버렸다. 춥고 바람이 많이 부는 날이었다. 코트 주머니에 손을 찔러 넣은 채

발끝으로 바닥을 툭툭 치다가

털실 장갑에 달라붙는 크고 작은 먼지라거나 국수 삶을 때 냄비 바닥에 눌어붙는 면의 점성 같은 것으로는 어떻게 안 될까

생각하다가

생각보다 멀리 와 있다는 걸 알았다.

그림 같은 아름다움

여름 되니까 화초가 미친 듯이 자라나요.

엄마도 화초를 키우고 나도 키우니까 여름에 엄마랑 전화로 주고받기에 적절한 말이지만 말하면서 생각났다.

엄마가 그러는데 언니는 화초에 미쳐 있대.

며칠 전에 동생이 창문 열면서 나한테 한 말이다. 여름에 화초에 물 주면 화초는 두 발로 걸어 나간 것처럼 화분을 넘어서고 뻗어나가고 감을 것이 있으면 친친 감고 감은 데서 더 자란다. 엄마는 나보다 키가 크다. 내가 동생보다 조금 더 크지만

지금은 멈췄고 여름 열매는 푸르고 길어서 토막 내 썰기에 좋다. 이르다 싶으면 비릿하지만

조금 더 두면

짙어지면서 단맛이 난다. 말이 나온 김에 더해보자면

엄마만 나오면 잘 안 된다. 그 잘된다는 여름에도 그렇다.
여름이 지나가고 있어서 미칠 것 같다. 엄마 기다려요.

　다시 해보고 말해줄게요.

언니가 봤을 수도 있는 풍경

구름 위로 창백한 달이 떠올랐고

동생은 이틀 전에 떠났다. 예정대로라면 나도 떠났어야 하는데

이러고 있다. 떠날 때는 하나의 이유로도 떠날 수 있지만 남은 이유는 뭐라고 설명해야 하나. 숙소로 올라가는 길목에서

동생이 손짓하는 동안
동생과 대화를 나누듯

시를 쓴다. 시 쓰려면 시도 생각해야 하고 동생도 생각해야 하고 나도 생각해야 한다. 이 시는 구름 위로 창백한 달이 떠오르는 데서부터 시작했으니까

달을 따라가기로 하고

내가 숙소에 도착하면

언니는 시를 다 썼겠지

언니가 시 쓴 거 인터넷에서 찾아보고 있어. 동생이 그 말을 하는데 이상하게 겁났다. 그런 이유 때문은 아니지만 시를 쓰면 동생한테 보낸다. 동생이 보고 있으면 내가 뭐라도 더 하겠지.

시가 길어지는 데는 이유가 있다.
동생이 있는 데도 이유가 있다.

뒤에서 동생이 따라오고 있을 때는 가다가 뒤를 돌아보기만 해도 됐는데 동생이 저만큼 가버리고 나면

크게 불러야 한다. 한두 번 불러서 안 되면 자다가도 소리를 치게 되고

언니 너는 참 옛날부터 그랬어

울창한 나무 뒤로 사라졌다가 나타나는 바람에

동생이 이쪽을 보고 씩 웃었을 때는

동생 말고는 아무것도 안 보였다.

이러다 어떻게 될지 모르겠다.

언니는 시를 쓰니까
언니가 쓰는 대로 될지 어떻게 알아

동생이 그렇게 말할까 봐 겁은 나는데 또 그렇게 말해
주면 좋겠다는 생각도 들고

동생은 이제 숙소에 거의 도착했다. 들어가려다 말고
이쪽을 봐서 나도 그쪽을 보며 손 인사를 하려고 했는데

구름 위로 떠오른 창백한 달빛에 휩싸여서는 놓쳐버
렸다.

언니가 그렇지 뭐

내일 아침에 동생이 창문을 열면서 뭐라고 하면 나도 손짓을 하며 뭐라고 할 것이다.

소설가

어제부터 기다렸습니다. 제가 아는 소설가를

저는 드물게 마음에 드는 원피스를 입었고 저기 8번 출구 방향으로 난 계단을 성큼성큼 오르는 사람 중에

소설가가 있을 것 같아요. 저 사람이면 충분합니다. 아니 저 사람이 아닐 리 없어요. 제가 아는 소설가는

누구라도 상관없지만 뒤를 돌아보다가 저를 향해 어, 누나? 혹은 아, 언니! 그래주면 얼마나 기분이 좋고

얼른 뛰어 올라가서 같이 걷다가

아까 지나오면서 본 건데 카레 가게는 어떨까요? 괜찮지요. 밥 한번 먹자는 약속을 지키는 방향으로

방향을 바꿔

조금 더 걸어간 다음에 들어갑니다. 레몬 조각이 들어

간 물을 따르고 수저를 놓다가 요즘 읽은 소설 중에 뭐가
좋아요?

　아 소설은 다 좋지요. 소설가가 카레를 맛있게 먹고 일
어나 앞으로 걸어가는 길에

　언니 혹은 누나가 쪼그려 앉아 뭔가를 쓰다듬는 장면
도 좋고 집으로 돌아가 창문을 열고는 바람이 시원하네
그러면서

　책상에 앉게 되는 장면 같은 것

　소설가에게 여름은 무조건 시원했으면 좋겠습니다. 세
상은 안 망했으면 좋겠습니다.

정아네 집

나는 정아네 집으로 가는 빠른 길을 알고 있다. 오른쪽으로 돌기만 하면 된다. 오른쪽으로 도는 게 잘 안 되는 날에도 오른쪽으로 돈다는 생각을 안 잊으면 된다. 오른쪽으로 돈다는 생각을 잊어서 풀이 죽었던 적도 있지만 오른쪽으로 도는 게 잘되는 어느 날은

살짝 언덕을 오르기만 해도 정아가 앉아서 이야기 나누는 모습을 볼 수 있다. 뭐가 그렇게 좋은지 보는 내가 다 좋다. 지나가면서 뭐 해 물어보면 왔어 그런다. 그냥 집으로 돌아올 때도 있지만 아예 못 돌아올 때도 있다.

산책

　돌아와서 보니

　사람이 있다. 어디서 본 사람이다. 사람은 살아 있고 움직이다가 안 움직이기도 하니까

　의자에 앉아 있는 사람에게

　물 한 잔 드려요? 물어본다. 꺾어 온 장미를 화병에 꽂으며 아까 소리 들었죠. 문이 쾅 하고 닫혀서 깜짝 놀랐잖아요. 뒤돌아보면 사람이 있고

　바람이 불고

　정수기에서 따뜻한 물을 받아 의자에 앉는다. 오늘 같은 날은 다시 안 오겠지. 오게 되면 무슨 말을 해야 할지 생각하면서

　창틀의 높이를 생각하면서

　사람이 되는 것이다.

히아신스로 인해

많은 것이 달라졌다.

달라지기 전에는 너한테 가장 많이 한 말이 '잘 자'였고 그 후로 시간이 많이 흐른 다음에는 '잘 지내' 그랬는데

나중에 보니

나만 그런 게 아니었다. 나만 그런 게 아니라는 말로 어디까지 가려고 그러나. 히아신스 사갖고 와서 홍콩야자 뽑아낸 화분에 심는다는 이야기로 뭘 하려고 그러나.

낮에 한숨 자고 일어났더니 홍콩야자는 온 데 간 데 없어지고 히아신스가 흰 꽃을 피웠더라는

봄날 오후

온 데 간 데 없어졌다는 홍콩야자는 빈틈을 만들었다. 가다가 옆으로 빠져도 모를 것이다. 잘 지내 그러면 잘 지낼 수 있다는 기대감으로

태양이 이동했다.

창문을 바닥으로 옮겨놓은 것처럼 빛에 규모가 생겼
다. 옮긴 곳에서 잘 지내려면 적응 기간이 필요하고

히아신스는 엄청난 향기를 풍겼는데 만개한 이후에 시
들해졌다. 잘 자 그런 말 없이도 낮에는 잘 잤다.

길고 긴 낮과 밤

우리가 사과를 많이 먹던 그해 겨울에 너는 긴 복도를
걸어와 내 방문을 열고

사과 먹을래

물어보곤 했다. 어느 날은 맛있는 걸로 먹을래 그냥 맛
으로 먹을래 그러기에 네가 주고 싶은 것으로 아무거나
줘 말해버렸고

오래 후회했다.

그날 사과에 대해 우리가 갖게 된 여러 가지 사과의 맛
과 종류에 대해, 다양한 표정과 억양으로 이야기를 나누
었다면

뭔가 달라지지 않았을까.

붉은 벽돌로 지은 단층 건물

아는 사람을 만나러 가는 길인데 아직 그렇게 추운 날씨가 아니라면 옷장에 외투가 그냥 있다. 신발장에 털 부츠가 그냥 있다. 장갑이 놓여 있고 머플러가 걸려 있다. 걸려 있는 머플러가 늘어지다가

발에 밟히는 저녁 혹은 어느 날의 아침 한파는 갑작스럽게 찾아오고 나는 양말을 두 개 신는다. 장갑 낀 손으로 머플러를 두르다 잘 안 돼서 장갑 벗고 머플러 두른 후에 집 밖으로 나와

아 추워 그러면서 털 부츠의 따뜻함과 묵직함으로 털 모자의 높이와 기모 들어간 스커트의 깊이로 겨울의 감각에 어울리는 사고를 하며 털 부츠 안으로 겨울의 감각이 스며들 때까지 더 이상 겨울을 떠올릴 수 없을 만큼 겨울일 때까지 아는 사람을 만나러 간다.

이행하는 말들과 지속적인 삶

김태선
(문학평론가)

1.

　"무슨 일이 일어났다." 임승유의 시집 『나는 겨울로 왔고 너는 여름에 있었다』에 수록된 시 「어느 날 오후」는 이렇게 시작한다. 무언가 일이 일어났다. 그러나 그 일이 어떤 일인지는 알려지지 않는다. 시에서 '나'는 다만 '일이 일어났다'는 사실만을 알 뿐이다. 때문에 「어느 날 오후」의 '나'는 "무슨 일이 있는지 알아보느라 나는 아무 일도 못 했고"라고 말한다. '나'는 일어난 일에 관해 알아보는 일을 하지만, 이는 또한 아무 일도 하지 못하게 만드는 역설적인 결과를 가져온다. 이렇듯 일어난 일이 삶의 질서에 속해 있지 않다는 사실은 그 자체로 일상의 시간과 '나'의 행위에 균열을 불러온다. 이러한 상황은 '나'에게 문제적인 것으로, 세계가 던지는 어떤 질문으로 여겨질 터이다. 질문을 받은 이는 그에 관해 답해야 할 의무를 느끼게 된다. 일어난 일을 겪은 사람은 그에 관해 말할 수밖에 없는 사람이 되는 것이다. 첫 시집 『아이를 낳았지 나 갖고는 부족할까 봐』(문학과지성사, 2015)의 뒤표지에 씌어진 "매번 처음 겪는 것처럼 두리번거림은 반복되고"라는 말처럼, 시인은 일어난 일을 "매번 처음 겪는 것처럼" 여기며 그에 관한 답을 찾고자 두리번거리는 일을 반복해왔다.

문제는 언어가 지닌 고유한 한계로 인해, 일어난 일을 온전히 말에 담아내는 일이 불가능해 보인다는 데에 있다. 알렉상드르 코제브는 『헤겔 강독 입문』(Gallimard, 1947)에서, 언어에 의한 개념적 파악이 사물을 '살해'한다고 말한 바 있다. 사물이 말로 이행하는 순간, 사물의 감각적인 현실, 즉 '의미(혹은 실질)'[le sens(l'essence)]는 그와 구별되는 추상적인 '개념'이 되는 그때 죽는다고 한다. 이른바 '언어는 사물을 살해한다'는 테제가 이로부터 도출된다. 실재하는 것들은 구체적이고 수많은 감각을 지니지만, 그와 같은 것들을 언어로 지시하기 위해서는 그 모든 것들을 사상하여 일정한 의미를 지닌 관념으로 만들어야 한다. 이렇게 실질을 소거하는 일은 사물을 부정하는 일, 사물을 살해하는 일이 된다. 감각적인 것은 시간의 이행과 함께 부단히 떨리며 변화한다. 사물을 언어로써 개념적으로 파악하는 일은 그와 같은 변화를 부정하고 시간의 흐름에도 변하지 않을 관념의 형태로 감각을, 사물을 고정시킨다. 나아가 '나'라는 심급에서 말하는 일은 또한 오직 사태의 한 측면만을 담게 된다. 사물의 다른 측면들은 '그 밖의 어떤 것'이 되어버리고 만다.

언어가 사물을 살해하는 일, 그리고 사태를 왜곡하는 일을 넘어서 자신이 겪은 일을 훼손 없이 전하기 위해 임승유 시의 '나'는 자신이 겪은 일을, 판단하거나 개념화하는 일에 앞서는 곳에서, 즉 감응의 긴장성을 띠는 곳에서 말한다. 즉, 겪음이 어떤 의미가 되기 이전의 상태, 그것이 무엇인지는 알 수 없지만 어떤 기분이 되려 하는 그 지점에서, 겪음을 말하기로 이행하고자 한 것이다. 일관된 서사로 재현 불가능한 사태를 전하는, 특정한 의미로 극성화되기 이전의 말하기이기에, 이는 다소 모호하거나(어둡거나) 비정합적인 낱말과 문장의 조직처럼 보이기도 한다. 일어난 일을 한 가지 의미로 소진되지 않도록 하려면, 말하기는 일관성 있는 하나의 길로 움직이는 것이기보다는 여러 방향으로 떨리는 표현으로 나타나기 때문이다.

떨림과 함께하는 말하기는 사물과 세계의 겉껍질에 틈을 내고, 안쪽에만 머무를 수밖에 없던 이들에게 바깥으로 이를 수 있게 하는 열림을 이루어내며 포함과 배제의 논리를 넘어서려 한다. '그 밖의 어떤 것'과 함께하는 말하기로 나아가려 한다. '그 밖의 어떤 것'과 함께하는 말하기를 위해, 임승유 시인은 『아이를 낳았지 나 갖고는 부족할까 봐』에 수록된 「모자의 효과」에서 "나 갖고는 부족할까 봐" 아이를 낳았다고 하였다. '나'의 심급에서만 말하는 일로는 부족하기에, "아이와/아이와/아이를" 낳아서 이들과 함께 말하고자 하는 것이다. 아이들이 말하게 함으로써 '나'만의 시선으로는 이를 수 없었던 것들을 함께 전하는 것이다. 이렇게 임승유 시인이 글쓰기로 함께하고자 했던 것들은, 사물의 관념만을 취하는 말하기에선 버림받을 운명에 놓이게 되는 '그 밖의 어떤 것'들이다. 이 이름은 두번째로 펴낸 『그 밖의 어떤 것』(현대문학, 2018)과 그 안에 수록된 시의 제목이기도 하다.

2.

  『나는 겨울로 왔고 너는 여름에 있었다』에서 아이들은 이제 스스로 움직이기 시작한다. "서른세 명의 아이가 한꺼번에 모자를 짜고 있어서 눈이 멈추지 않는다"(「날씨」). 아이들이 무언가 만들고 있고, 그로 인해

"눈이 멈추지 않는다"라는 말처럼 다른 무언가가 영향을 받는 일이 벌어진다. 이렇게 이들의 움직임은 일어난 일을 재현하는 게 아니라, 일이 일어나도록 한다. 아이들, 즉 시의 말은 스스로 움직인다. 이들은 자신들을 태어나게 한 현실에 영향을 미치고, 또 그 현실로부터 영향을 받는다. 이렇게 관념들의 짜임으로 이해되었던 말의 세계, 시의 세계와 시를 쓰는 시인이 속한 현실이 서로 영향을 주고받게 된다.

눈을 뜨니

풀밭이 펼쳐졌다. 펼쳐지는 풀밭의 속도를 따라잡으려다가 멈춘 것처럼 꽃이 있었다. 예쁘다고 말하면 뭐가 더 있을 것처럼 예뻤다.

뒤로 물러나면 더 많이 보이고 많이 봐서 끝이 보일 때

뭐가 있어?

이불을 끌어다 덮으며 네가 물었고 뭐가 있다고 하면 끝이 안 나는 풀밭이었다. 눈을 감으면

눈꺼풀 안쪽까지 따라오는 풀밭이었다. 빛이 부족해지

면 풍경은 생기다 말았다는 듯 풀이 죽었고

그만해

그런 말은 풀을 뜯어내고 남은 말에 가까웠다
                                          ─「문법」 전문

　눈을 뜨는 일과 함께 풀밭이 펼쳐진다. 시에서 전하는 풀밭의 모습은 누군가가 본 풍경을 재현하는 것이 아니다. 시가 그려내는 장면은, 그야말로 시의 문장이 씌어지면서 또 독자가 그 문장을 읽으면서 함께 생겨나고 있는 그런 풍경으로서의 풀밭의 움직임이다. 풀밭은, 문장이 씌어지고 또 읽히는 속도에 맞춰 펼쳐진다. 문장을 따라가다가 멈추게 되는 지점에, 그리고 그 문장이 씌어지고 멈추게 되는 그 지점에 '꽃'이 자리한다. 꽃의 존재는 "꽃이 있었다"라는 말과 함께 그 모습을 드러낸다. 말과 함께 사물과 세계가 생겨나고 있다. 그런데 "속도를 따라잡으려다가 멈춘 것처럼" 이르게 된 곳에서 시의 말은 곧바로 다른 길을 낸다. "예쁘다고 말하면 뭐가 더 있을 것처럼 예뻤다", 마치 그 꽃을 눈으로 직접 보고 있는 듯한 말하기이다. 이 말하기는 멈춘 자리에서 "뭐가 더 있을 것처럼"이라는 말을 보탬으로써 '예쁘다'라는 말이 지닐 의미를 열어놓는다.

멈춘 자리에서 열림이 일어나고, 이 자리에서 문장은 다시 움직이기 시작한다. "뒤로 물러나면 더 많이 보이고 많이 봐서 끝이 보일 때"라며 한자리에 머무르지 않는다. 문장은 풀밭을 펼쳐내며 그 속도를 따라 나아가기도 하고, 꽃이 있는 자리를 제시하며 멈추기도 하며, 다시 뒤로 물러나 스스로가 이루어낸 세계를 조망한다. 문장과 함께 존재하는 것들이 나타나고 그것들이 일정한 장소를 이루어내며 하나의 세계를 생성케 한다. '문법'이라는 말은 말을 운용하는 규칙을 일컫는 것이지만, 이는 또한 말이 흘러가며 내는 길을 이르기도 한다.「문법」에서 시의 말은 스스로 길을 내며 움직인다. 그런데 그렇게 장면의 끝이 보일 무렵 풀밭이 펼쳐지는 풍경 바깥에서 목소리가 들려온다. "뭐가 있어?"

"뭐가 있어?" 이 물음은 시인이 속한 세계, 이를테면 현실의 장소에서 던져진 것이다. 시의 세계와 유리된 곳에서 전해진 목소리이지만, 이는 마치 '나'와 함께 풀밭이 펼쳐지는 일을 전해 들으며 그에 관해 묻는 것 같다. 바깥에서 안으로, 동시에 안에서 바깥으로 파고드는 물음이다. 물음에 대한 답은 "뭐가 있다고 하면 끝이 안 나는 풀밭이었다"이다. "뭐가 있다고 하면"이라는 말은, 그 문장이 씌어지는 일과 함께 "끝이 안 나는 풀밭"처럼 무언가 계속해서 더 생겨나게 만드는 언어의 잠재력을 우리에게 전한다. 여기서 주목해야 할 것들 중 하나는 시의 세계와 시 바깥의 세계가 서로 찢긴 채 고립되어 있는 게 아니라 서로에게 영향을 미치고 있다는 사실이다.

풀밭은 시의 언어에 의해 생성되고 있지만, 현실 혹은 바깥의 영향을 받아 그 모습을 달리하고, 문장은 그렇게 다른 길로 나아가기도 한다. 또한 시의 말이 이루어낸 풀밭은 "눈을 감으면//눈꺼풀 안쪽까지 따라오는 풀밭이었다"라는 표현처럼 생생한 감각 혹은 정감affect이 되어 '나'의 신체에 영향을 미친다. 이렇게 시의 말은 두 세계의 만남과 교통이 이루어지는 장소가 되고, 살아 있는 사물처럼 움직이기도 한다. "눈을 뜨니" 자신을 펼쳐 내며 생기 있게 움직이는가 하면, "빛이 부족해지면 풍경은 생기다 말았다는 듯 풀이 죽었고"라는 말처럼 다른 문장의 개입에 의해 움직임을 멈추거나 그 생기를 잃기도 한다.

이렇듯 이 책에서 시인은 언어가 생성하는 힘을 살핀다. 앞서 살폈던 코제브의 '언어는 사물을 살해한다'라는 테제에 비춰보면 이는 역설적인 것처럼 보인다. 임승유 시인 역시 첫 시집에 수록된 「소년을 두 번 만났다」에서 "문장 속에서 살해당하지 않으려면 내가 먼저 다음과 같은 문장을 시작해야 한다"라는 표현을 쓴 것처럼, 시인 역시 언어가 사물을 살해하는 일에 관해 살폈다.

이번 시집에 수록된 「면적」에서도 그 흐름이 이어진다. 「면적」에서는 "마가린을 죽였다//나뭇가지를 분질

러 갖고 다니다가//테이블이 기어 나오면//때려 죽였
다"는 문장이 있다. 이는 사물을 말로 옮기는 과정이 그
실질l'essence을 죽이는 일이라는 사실을 이르는 것이기
도 하다. 그런데 「면적」에서의 움직임은 「소년을 두 번
만났다」에서 이행했던 것과는 사뭇 다르게 보인다. "문
장 속에서 살해당하지 않으려" 했던 노력이,「면적」에 이
르러서는 "죽였다"라는 말을 세 번 반복하며 언어가 사
물을 살해하는 일을 적극적으로 이행하는 일로 바뀐 것
처럼 보이기 때문이다. 그러나 「면적」에서 언어가 사물
을 살해하는 일은 '반복'과 함께하는 가운데 다른 움직
임을 이루어낸다.

난간을 바라보다가 난간만큼 자라 난간을 넘어간 소년
의 압력으로

살이 오르고

귀가 쭉 찢어진 의견을 내놓는 화이트를

눌러 죽였다

—「면적」 부분

「면적」에서 사용된 '화이트'라는 낱말은 단순히 사물

의 한 측면을 추상한 표현에 머무르지 않는다. '화이트'라는 낱말은 "난간을 바라보다가 난간만큼 자라 난간을 넘어간 소년의 압력으로//살이 오르고"라는 말처럼, 이행의 과정 중 스스로를 부피와 무게를 띠는 무언가로 되어가는 모습으로 드러낸다. 이는 앞서 '마가린'을 죽이고 다시 '테이블'을 "죽였다"고 한 이후에 나타난 일이다. 처음에 죽였던 '마가린'은 그저 낱말로서 제시되었다. 이후 '테이블'을 죽일 때 그것은 "기어 나오면"이라는 말처럼 다소 느리더라도 움직이는 것으로 나타났다. "죽였다"라는 말이 두 번 반복된 후, '화이트'는 구체적인 사물의 이름이라기보다는 사물에 붙은 속성에 가깝지만, 스스로 양감量感을 띠며 "살이 오르"다가 "귀가 쭉 찢어진 의견을 내놓"기도 하는 등 마치 살아 있는 생물처럼 속도감 있게 움직인다. 반복에 의해 시의 말은 살아 움직이는 것이 되어 "난간을 넘어간 소년의 압력"처럼 '나의 말하기'를 넘어서는 힘을 발산한다.

　"죽였다"라는 동일한 행동을 반복하였지만, 각각의 반복은 조금씩 차이를 낳는다. 그렇다면 "죽였다"라는 행동은 그 일을 반복할 때마다 매번 차이를 발생시키는 움직임이라고 할 수 있을 것이다. 앞서의 행동과 크게 다르지 않겠지만, 그래도 미묘한 차이를 발생시키는 그 일을 반복하면서 시인의 문장과 그것을 바라보는 의식에는 변화가 일어난다. 반성의 관점에서 각각의 "죽였다"라는 행동은 동일한 의미를 형성한다. 반면에 행동의 관점에서 "죽였다"라는 말은, 그 움직임이 가져올 변화를 감당하면서 스스로를 차이로서 생산해낸다. 살해의 대상이 된 '마가린'과 '테이블', 그리고 '화이트'는 그렇게 관념이 되어버린 사물, 즉 단순한 낱말에 머무르지 않게 된다. 이들은 이어질 반복의 조건이 되면서 과거와 현재 그리고 미래의 모든 시간에 영향을 미친다. 반복과 함께, 시의 말은 단순히 살해당한 사물인 관념으로 존재하기를 그치고, 스스로가 무엇이든 되어갈 수 있는 힘으로서 자율성을 획득한다. 실재하는 사물의 재현이 아니라 스스로가 사물이 되어가며 새로운 삶을 생성케 한다.

　　오가는 길에 매일 봤어. 엄청 큰 나무 아래 드러누워 벌
　벌 떨던 대식 씨의 영혼, 대식 씨의 내일

　　단 한 방이었으면 해

　　나뭇잎을 읽을 땐 빈틈없는 내부가 아니라 떨고 있는
　외부라야 하니까 살인자가 되어 전장을 누볐다.
　　　　　　　　　　　　　　　　　　　　—「대식 씨」부분

"오가는 길에 매일 봤어", 「대식 씨」에서 말하는 이는 이렇게 말한다. 매일 본다는 것은 또한 어떤 삶을 반복

해서 읽는 일이기도 하다. "엄청 큰 나무 아래 드러누워 벌벌 떨던 대식 씨의 영혼, 대식 씨의 내일"을 보는 일은 스스로 길을 내는 언어의 연쇄에 따라 "나뭇잎을 읽을 땐"이라는 표현처럼 읽는 일이 된다. "엄청 큰 나무 아래 드러누워 벌벌 떨던 대식 씨의 영혼, 대식 씨의 내일"이 구체적으로 가리키는 일이 무엇인지 우리는 알지 못한다. 다만 시는 그것을 읽는 이의 목소리를 통해서 그 읽는 방법이 "빈틈없는 내부가 아니라 떨고 있는 외부"에서 이루어져야 한다는 걸 전한다. 무언가 더 들어설 자리가 없는 내부에 갇혀 있는 시선이 아니라 떨고 있는 어떤 삶을 바깥에서 함께 떨면서 보는 일, 바로 이것이 임승유 시인이 자신의 삶, 그리고 타인의 삶과 만나는 일이다. 또한 시가 될 수밖에 없는 삶을 사는 일, 그리고 삶이 될 수밖에 없는 시를 쓰는 일이다.

물론, 삶을 시로 옮기는 일은 사물과 세계의 실질을 살해하고 그것을 관념인 말로 옮기는 것이기도 하다. 그렇다면 시인은 "살인자가 되어 전장을" 누비는 사람일 터이다. 시인은 삶에서 만나는 것들을, 그리고 읽은 것들을, "오가는 길에 매일" 보는 일처럼 반복해서 쓴다. 삶을 말로 옮기는 일이 "살인자가 되어 전장을" 누비는 일과 같다면 "때리는 것 같았다"(「새」)라는 말처럼, 사물에 폭력을 가하는 일로 여겨지기도 할 터이다. 「새」에는 "자작나무 옆에 자작나무를 심고 하루 종일 심다가 해가 넘어가면 다음 날 와서 심었다"고 말하는 이가 등장하는데, 이는 마치 시 쓰기를 반복하는 시인의 일로 읽히기도 한다. 인간이 나무를 심는 일, 그리고 시를 쓰는 일은 또한 자연에 인위가 개입하는 일로 "때리는 것 같았다"라는 말처럼 사물에 폭력을 가하는 일로 생각할 수 있다. 하지만 자작나무를 심는 일은, 자작나무로 하여금 땅에 뿌리를 내리도록 함으로써 스스로 생장할 수 있기를 기도하는 일이기도 하다. 시를 쓰는 일 역시 마찬가지. 때문에 일어나지 못하는 나무와 시의 말과 마주할 때엔 "이러면 안 된다고 그만 집으로 갔으면 좋겠다고 앉아서 울다가"와 같은 말처럼 포기하고 싶은 마음이 들기도 할 것이다.

자작나무를 심기 시작한 후에는 자작나무 밖에는 아무도 없어서 누운 자작나무를 일으켜 세워가며 자작나무를 더 심었다. 자작나무를 다 심을 수 있을 때까지는 세상이 지속되었으면 좋겠다고 자꾸 누우려는 언덕을 일으켜 세우다 보면 자작나무가 자작나무를 앞서가는데

—「새」 부분

그러나 "자작나무를 심기 시작한 후에는 자작나무 밖에는 아무도 없어서"라는 말처럼, 시를 쓰는 이에게는 쓰는 일 외의 것은 보이지 않을 터이다. "누운 자작나무

를 일으켜 세워가며 자작나무를 더 심었다"라고 말하는 것처럼, 시인은 시를 쓰는 일을 반복할 수밖에 없다. 그런데, 그렇게 "자꾸 누우려는 언덕을 일으켜 세우다 보면 자작나무가 자작나무를 앞서가는데"라는 사건이 펼쳐지는 때가 찾아온다.

"자작나무 옆에 자작나무를 심고", 이는 같은 일을 반복하는 것처럼 보이지만 실상은 매번의 행동마다 미묘한 차이를 이루어낸다. 자작나무를 심은 다음에 다시 심는 자작나무는 다른 자작나무이고, 심는 위치 역시 "옆에"라는 다른 위치이다. 이렇게 같은 일을 반복하는 것처럼 여겨지던 일은 조금씩 어딘가 다른 곳으로 나아가는 움직임을 이루어낸다. 하나였던 것이 여럿이 되어 관계를 이루고, 관계는 이것저것 다른 일들을 일어나게 한다. 그렇게 반복과 함께 생성되는 차이는 지속적인 삶을 살 수 있게 하는 힘이 된다. 조금씩 나아가는 삶을 반복하며 지금 여기의 자리에, 멀리 있는 다른 시간을 부르는 문을 연다. "자작나무가 자작나무를 앞서"가듯, '빈틈 없는 내부'로 '떨고 있는 외부'가 주름지듯 접혀 들어오도록 한다. "그때부터 먼 곳을 보는 버릇이 생겼다." "언덕을 일으켜" 세워 새가 된 것처럼 "먼 곳을 보는" 일, 이는 또한 언덕에 올라 너머의 바깥을 지금 여기의 시간 안으로 부르는 일이기도 하다.

3.

　너머에 있는 "먼 곳을 보는" 일은 '지금 여기'에서 이루어진다. '여기'와 '지금'은 '나'와는 떼어놓을 수 없는 장소와 시간의 이름이다. 『나는 겨울로 왔고 너는 여름에 있었다』에 수록된 시편들에서 우리는 다양한 장소와 시간의 움직임을 만나게 되는데, 이는 장소와 시간이 시인에게 어떤 문제적인 것의 드러남으로 다가오는 것임을 일러주기도 한다. 이를테면, "여기서 여기를 놓친다"와 같이, '여기'에 있으면서 '여기'를 놓치는 기이한 어긋남과 마주하는 일이 일어난다. 「여기」에서의 '여기'는 "카디건을 걸치면 더 있을 수 있을 텐데"라며 '나'의 마음에 드는 곳이라 표현된다. 그런데 '카디건'이라는 낱말이 불러일으키는 따뜻한 성질은 '나'의 마음에 변화를 가져온다. 따뜻하기에 마음을 놓게 되고, 이는 "마음을 놓자 뭔가 달라진다. 변한다"라는 문장을 이끌어온다. 마음의 변화는 다시 '여기'를 다른 곳으로 변모케 한다. 달라진 '여기'를 보며 '나'는 자신이 "여기는 마음에 든다"라고 했던 그 '여기'를 돌려놓으려 한다. '여기'를 돌려놓기 위해서는 "아무 데도 가지" 않고 있는 수밖에 없다. "여기는 찾아온 곳"이기에 다른 곳으로 가서는 '여기'를 찾을 수 없을 터이기 때문이다.

　이렇게, 장소와 문장 그리고 '나'의 마음이 서로에게

영향을 미치면서 서로를 변화시키는 일이 일어난다. 그와 함께 '여기'라는 단일한 공간이 자기 자신과 균열을 일으키게 되는 기이한 일이 일어난다. '여기'가 스스로와 어긋나며 독특한 공간이 생성되고, 틈이 드러난다. 드러난 틈을 통해 우리는 '여기'의 진정한 존재의 모습과 만나게 된다. "여기는 찾아온 곳이다." 그렇다. '여기'는 '찾아온 곳'의 이름이다. "여기는 여기서 아무 데도 못"(「여기」) 가지만, '여기'는 다른 것들이 찾아오는 장소의 이름이다. '여기'를 '여기'로부터 어긋나게 만들며 틈을 벌리는 시의 말은, 어디로도 갈 수 없을 것 같던 '여기'의 닫힌 문을 열어 모든 것들이 찾아오는 곳의 이름이 되도록 한다. 어긋남이 벌려놓은 틈은 이처럼 문을 열어 안과 바깥을 교통케 하기도 하지만, 때로는 세계의 비정합적인 실재를 노출하는 것이기도 하며, 이는 그것을 목격하게 된 이에게 문제적인 것으로 다가온다. 벌려진 틈은 알 수 없는 것, 이해할 수 없는 것과 만나게 하며 그에 대한 답을 찾도록 추동한다.

휴일이 오면 가자고 했다.

휴일은 오고 있었다. 휴일이 오는 동안 너는 오고 있지 않았다. 네가 오고 있지 않다는 것을 어떻게 아는지 모르는 채로 오고 있는 휴일과 오고 있지 않는 너 사이로

풀이 자랐다. 풀이 자라는 걸 알려면 풀을 안 보면 된다.
다음 날엔 바람이 불었다. 풀을 보고 있으면 저절로 알게
된다. 내가 알게 된 것을

모르지 않는 네가

왔다 갔다는 걸 이해하기 위해 태양은 구름 사이로 숨
지 않았고 더운 날이 계속되었다. 휴일이 오는 동안

―「휴일」 전문

"휴일이 오면 가자고 했다." 이 말은 휴일이라는 도래
할 시간을 향한 기대를 담고 있다. '나'의 지금 여기를
다가올 '휴일'과 '너'를 기다리는 시간과 장소로 만든다.
그런데 "휴일이 오면 가자고 했다"는 시간의 어긋남을
불러일으키는 문장이기도 하다. "휴일이 오면"이라는 말
은 미래를 겨냥하고 있지만, "가자고 했다"는 그 말이 과
거에 속해 있는 것임을 이르기도 한다. 지나간 시간에서
전해진 미래에 대한 약속은 두 갈래의 길로 갈라진다.
이렇게 서로 다른 시간의 길로 어긋난 문장을 보며 우리
는 "휴일이 오면"이라는 말과 "가자고 했다"라는 말이
서로 만나지 못하게 되리라는 예감을 하게 된다. 어김없
이 이어지는 문장은 다음과 같다. "휴일이 오는 동안 너

는 오고 있지 않았다." 이들은 "오고 있는 휴일"과 "오고 있지 않는 너"라는 말로 분리되어 다른 시간의 길을 내며 만날 수 없게 되는 것 같다.

　서로 어긋난 시간과 기대 사이에서 "풀이 자랐다"고 한다. "풀이 자랐다"는 말은 지금 여기의 시간이 흘러갔다는 사실을 이른다. 이렇게 시간이 흐르고 있음에도 "오고 있는 휴일"은 도래할 것으로 머무를 뿐, 아직 오지 않은 날에 대한 이름으로 남는다. "오고 있는 휴일", 그것은 "오고 있지 않는 너"와 크게 다르지 않다. 서로 대립된 움직임을 표현하고 있지만, 아직은 지금 여기에 도착하지 않았다는 점에서 두 시간은 동일한 미래에 속해 있다. 시의 말은 "오고 있는 휴일과 오고 있지 않는 너"라는 말로 두 시간을 어긋나게 하고 그 사이에서 시간의 움직임을 사유한다.

　"오고 있는 휴일과 오고 있지 않는 너"는 '나'에게는 기다림의 시간으로서, '나'를 지금 여기에 정체하도록 한다. 그러나 그 사이로 "풀이 자랐다"고 한 것처럼, 그리고 "다음 날엔 바람이 불었다"고 하는 것처럼 시간은 흐르고 있다. '나'와 만나지 않았기에 '휴일'과 '너'는 여전히 도래할 시간이지만, 그것은 이미 '나'와 만나지 않은 채 떠나간 것의 이름일지도 모른다. 만남이 이루어지지 않았기에 '나'에게 '휴일'과 '너'는 아직 오지 않은 미래이지만, "풀이 자랐다"는 말처럼 그것은 이미 지나간 과거의 시간일 수 있다. "풀이 자라는 걸 알려면 풀을 안 보면 된다"는 말처럼 '나'는 "오고 있는 휴일과 오고 있지 않는 너"를 만나지 못했지만, 이들이 이미 지나가 버린 시간이라는 사실을 안다. 그러나 이렇게 "왔다 갔다는 걸 이해"하는 일은 쉽지 않다. 때문에 "태양은 구름 사이로 숨지 않았고 더운 날이 계속되었다"는 말처럼, 다시 "휴일이 오는 동안" '나'는 어긋난 시간과의 만남을 이해하기 위해 시를 쓴다. "더운 날이 계속"될지라도 시인은 쓰는 일을 멈추지 않을 것이다.

임승유 시인은 「운동장을 돌다가 그래도 남으면 교실」이라는 산문에서 "자신이 속한 세계에서 위화감을 느끼는 사람은 쓰는 사람이 된다"(『문학들』 2019년 봄호, p. 10)고 쓴 일이 있다. 세계가 벌린 '현실의 틈'에서 질문을 받게 된 사람은 그 답을 찾아야 하는 숙명에 놓이게 된다. 물론 "구름 사이로" 숨어 그 틈새를 서둘러 덮어버리는 편안한 방법도 있을 것이다. 그러나 세계가 '현실의 틈을 벌려' 던진 질문을 받은 사람은 또한 자기 자신을 여럿으로 분열된, '찢긴 존재'로 보게 된다. 시인은 그 어려운 길에 기꺼이 들어간다. 질문을 받았기에 그에 대한 답을 찾아 나선다. 이렇게 자신을 찢긴 존재로 인식하는 일은, 「상자」에서 "여기 올려놓을게.//너 들으라고 한 말인데 알아버렸다. 그때는 내가 없겠구나"라는 깨달음처럼 "여기 올려놓을게"라는 '말하기'와 함께 이루어진다. '너'에게 상자의 위치를 알리는 까닭은, 그 상자를 '너'가 찾는 시간에 '나'는 '여기'에 있지 않을 것이기 때문이다. 그렇게, 말하기와 함께 지금 여기에 미래의 시간인 '나'의 없음이 어긋난 채 포개진다.

어떤 불일치, 혹은 찢긴 존재의 의식은 「공원에 많은 긴 형태의 의자」에서 "앉아서 일어날 줄 모르는 나를 두고 오는 수밖에 없었"다면서, "앉아서 일어날 줄 모르는 나"와 일어나서 그 모습을 보는 '나'의 모습으로도 나타난다. "앉아서 일어날 줄 모르는 나"는 "멈추지 않고 흐르는 물"을 보고 있는 사람, 그렇게 어디론가 흘러가는 일에 몰입해 있는 사람이다. 임승유의 시는 그렇게 어떤 체험, 겪음에 몰입해 있는 이를 바깥에서 거리를 둔 채 바라보는 시점에서 씌어진다. "앉아서 일어날 줄 모르는 나"를 '나' 바깥에 있는 하나의 텍스트처럼 읽고, 이를 시로 쓰는 것이다. 이는 반성의 행위와는 다른 움직임이다. 반성은 '나'를 대상으로 마주하며 그에 대한 앎을 파악하는 인식의 행위이다. 그러나 체험하는 '나'를 바깥에서 읽는 '나'의 시선은 그에 대한 앎을 구성하려는 게 아니라, 그 겪음을 문제적인 것으로 여기며 체험하는 '나'의 시선과 '나'의 말하기로는 다가갈 수 없는 사태에 이르고자 한다. 그런데 이런 바깥의 움직임은 또한 '나'로서 있고자 하는 노력이기도 하다. 동일자에 의해 단일한 정체성으로 규정된 '나'가 아닌, 타자와 만나며 함께 생성하고 또 끊임없이 무언가로 되어가는 '나'로 존재하려는 노력인 것이다. 그렇다. 바깥에서 읽는 일, 일어난 균열을 따라가며 읽는 일은 '여기'에, 그리고 '나'로 참답게 이르려는 노력인 것이다.

　여기 있으려면 여기 있어야지

　백 번 천 번 맞는 말이다. 나는 여기 있으려고 그랬던 거다. 그러니까 화내지 마요. 화가 날 땐 많은 색깔을 갖고 있는 거랬다. 잘 어울린다는 건

　원피스와 양말과 운동화

　내일의 조합을 생각하면 막 웃음이 나와 하루를 더 살수 있을 것 같다.

—「생활 윤리」 부분

"나는 여기 있으려고 그랬던 거다." 시인은 여기에서의 삶을 살고자 바깥에 있다. 「생활 윤리」에서 "의자가 스물아홉 개"밖에 없는 곳에 들어오기 위해 "서른번째 나는 의자를 갖고 오는 사람이 되기로"했다고 한다. 이 세계 안에 '나'의 자리가 마련되어 있지 않다면, '나'는 스스로 그 자리를 마련하는 사람이 되어야 할 것이다. 그

렇게 '나'는 의자에 앉아 "뭐든 되기로 하면 되는 거지"라는 생각을 한다. 그렇게 '나'는 "의자에 앉아서 생각하다가 의자에 앉아서 생각하는 사람이 되었다"고 한다. 이렇게 '나'는 문장과 함께, 단일한 정체성에 머무르는 것이 아니라, 끊임없이 떨리며 다른 무언가가 되어간다.

그런데 '나'를 향해 *너는 여기에 없는 사람처럼 구는구나 그럴 거면 뭐 하러 여기 있는 거야*"라고 말하는 목소리가 들려온다. 이 세계는 모든 것들에게 단일한 정체성을 요구하며, 안과 밖을 이분법으로 명확히 구분하려 한다. 안에 포함되지 않는 것들을 바깥으로 배제시킨다. 「대식 씨」에서 "헛간에서는 헛간 냄새가 나. 술병한테서는 술냄새가 나고"라고 했던 말처럼 'A'는 언제나 'A'여야 하지 다른 무언가로 존재해서는 안 된다. 「대식 씨」에서 시의 목소리는 그러한 것을 두고 "맘에 안 들어"라고 한 바 있다. 한 가지 의미로만 사물을 규정하는 일은 생성과 변화를 가로막고 언어가 사물을 살해하듯, 그 실질을 박탈하는 일이다.

임승유 시인이, 다소 모호하게 보이기도 하고 서로 어긋난 것처럼 보이더라도, '떨고 있는' 말들로 시를 쓰는 까닭은, 하나의 의미로 사물과 일어난 일이 박제되지 않도록 하려는 마음 때문일 터이다. "빈틈없는 내부"의 말이 아니라 "떨고 있는 외부"의 말로써, 말들이 다른 무엇이 될 수 있는, 열린 공간을 만드는 일이 시인의 과업이다. 그렇게 "나는 여기 있으려고 그랬던 거다"라며 시인은 '여기에 없는 사람처럼' 존재하며 생각하는 일로, 둘을 갈라놓는 경계를 흔든다. '여기'에 있기 위해 어긋남이 일어난 길을 따라간다. 나아가 '나'에게 포함과 배제 중 하나를 선택하라는 목소리를 향해 "화내지 마요. 화가 날 땐 많은 색깔을 갖고 있는 거랬다"라고 말하며, 그 목소리에 다양한 색채를 입혀, 그 역시 다른 무언가가 되는 길을 열어준다. 이렇게 안에 있으면서도 바깥에 있는 사람처럼 '떨고 있는' 일은 둘로 갈라져 있던 세계를 서로 소통할 수 있는 것으로 만든다.

하나로 고정되는 일에서 멈추지 않고 다른 무언가가 되어가고 되어가려 할 때, "원피스와 양말과 운동화"처럼 서로 다른 것들이 한데에 어울리며 안과 밖을 서로 넘나들게 될 때, 이 "내일의 조합"으로 "하루를 더 살 수 있을 것 같다"는 기분을 느끼게 될 것이다. 시를 쓰는 일은, 이렇게 시어가 서로 다른 것들을 어울리게 하고 그러한 만남과 함께 스스로 다른 것이 되어가는 이행과 만나는 일이다. 이렇게 지금 여기의 자리는 다른 시간을 향해 열리게 될 것이다. "하루를 더 살 수 있을 것" 같은 기분을 느끼는 까닭은 바로 그와 같다. 시인이 시를 쓰는 일은 지속적인 삶을 살기 위한 탐색이기도 하다.

4.

시는 시인에 의해 씌어지지만, 그 손끝에서 태어난 아이들은 스스로 길을 내며 다른 무언가가 되어간다. "서른세 명의 아이는 모자를 다 짜면 일제히 모자를 쓰려고 한다. 희수에 닿으려 한다. 수연에 닿으려 한다." 이렇게 태어난 아이들, 즉 언어는 더 이상 어떤 의미를 지칭하는 게 아니라 존재를 생성하는 움직임을 펼친다. 물론 이렇게 말이 구체적인 감각을 지닌 존재가 되어가는 과정으로 항상 쉽게 이루어지지는 않을 것이다. "발을 헛디뎌서 서른세 명의 아이는 서른세 명의 아이를 놓친다"는 말처럼 "아이들을 일으켜 세울 수가 없다"는 좌절의 말로 나타날 때도 있다(「날씨」). 그럼에도 시인은 "자작나무를 다 심을 수 있을 때까지는 세상이 지속되었으면 좋겠다고 자꾸 누우려는 언덕을 일으켜"(「새」) 세우는 일을 멈추지 않는다. 그렇게 시의 말이 스스로 일어나고, 다른 것들과 만나 다르게 되어가는 아름다운 움직임을 우리는 「지역감정」에서 만나게 된다.

어디야

영주

나는 이수

외투를 여미며

우린 여자아이와 있는 걸까

여름에 쌓아 올린 과일 바구니가 겨울로 쏟아져

경사면이 생겼다

—「지역감정」 부분

추운 겨울, 서로 멀리 떨어진 지역에 있는 두 사람이 통화를 한다. 한 사람은 영주에, 다른 한 사람은 이수에 있다. 영주와 이수는 지역의 이름, 그런데 이는 또한 사람의 이름 같기도 하다. 그 때문일까, "우린 여자아이와 있는 걸까"라는 말과 함께 영주와 이수는 지역의 이름에서 사람의 이름으로 변한다. 사람의 이름이 되는 일과 함께 각각의 이름은 저마다 독특한 감정을 불러일으키는 것이 된다. 그렇게 두 이름은 "여름에 쌓아 올린 과일 바구니"처럼 따뜻하고 생생한 정감이 되어, 두 사람이 통화하고 있는 추운 "겨울로 쏟아져" 들어온다. 현실의 시간에 경사면이 생기며, 기묘한 어긋남이 발생하고 닫혔던 틈이 열린다.

어긋남에 의해 의미가 미끄러지고, 미끄러짐과 함께 낱말은 다른 의미로 그 연상 작용을 통해 이동하는 것이다. 그렇게 "영주는//과일이 맛있고//이수는//여름 샌들이 잘 어울린다"라는 감각적인 성질의 것으로 의미의 영역을 옮겨 가기도 한다. 영주와 이수는 또한 사람처럼 다가오는 이름이어서 그 둘이 "손을 잡고 걸으면//플라스틱 장난감을 태운 것처럼 색색의 불꽃"이라는 다양한 색채의 감각 또한 발산하기도 한다. 이름이 이루어낸 말과 의미의 움직임은 이성의 논리가 아니라 언어가 지닌 고유한 힘의 논리를 따라 자유롭게 움직인다. 그 움직임은 예측 불가능하지만, 한 가지 확실한 것은 단순히 관념적인 의미만을 전하는 것이 아니라 마치 사물과 같은 독특한 감각을 발산하는 힘으로 나타난다는 점이다.

　그런데 통화하는 두 사람 중 한 사람이 있는 곳은 '이수', 이곳에는 지하철역이 있다. 시의 말이 자유롭게 움직이는 가운데, 현실의 조건이 함께 접혀 들어오며 "중간에//기차가 지나가는 벌판을 가져다 놓고"라는 말이 이어진다. "기차가 지나가는 벌판"은 무언가 지나가는 시간의 이행을 바라보게 하는 방향으로 말들을 움직인다. "뒤를 돌아보면//이수는//영주는//손을 흔들며 지나가는" 것이 된다. 그 둘은 또한 "늙지 않는//여자아이였다"라는 말로 '지나가는' 시간의 흐름에 영향을 받지 않는, 저만의 독특한 존재를 유지한다. 모든 것들이 변화하는 시간의 이행 속에서도 변하지 않는 것이 있다. 그것은, 들뢰즈의 시간론을 빌려 말하자면, 과거의 즉자 존재인 순수 과거이다.

과거는 일반적으로 사라진 현재, 지나간 현재를 이르는 말이지만, 이는 현재의 시점에서 본 대자적 측면으로서의 과거를 일컫는다. "손을 흔들며 지나가는" 이수와 영주는 분명 그러한 대자적 측면으로서의 과거를 표상하는 이들이다. 그러나 "늙지 않는//여자아이"로서의 이수와 영주는 순수 과거로서 모든 지나감의 근거로서 지나가는 현재에 앞서 존재한다. 과거의 즉자 존재인 순수 과거는 현재였던 것을 가리키지 않는다. 순수 과거는 "자작나무가 자작나무를 앞서"가듯이(「새」) 존재하며 현재를 지나가게 하고, 시의 말을 이행케 한다. "중간에//기차가 지나가는 벌판을 가져다" 놓는 일은 '나의 말하기'가 아니라 이수와 영주가 "손을 흔들며 지나가"며 만들어가는 움직임과 함께한다. 대자적 측면에서 이수와 영주는 "손을 흔들며 지나가는" 것으로 표상되지만, 이들은 또한 "늙지 않는//여자아이"로서 지나감의 근거를 이룬다.

"나는 겨울로 왔고 너는//여름에 있었다", 물론 현실의 차원에서 이렇게 둘은 서로 어긋난 채 다른 시간에 속해 있다. 그러나 '영주'와 '이수'라는 이름은 '경사면'을 생겨나게 하며 만날 수 없으리라 여겨졌던 것들을 만

나게 한다. '경사면'을 통해 '여름'으로 표상되던 과거의
면 것이 '겨울'로 쏟아져 들어온다. 이는 시간을 흐르게
만드는 순수 과거 그 자체와 만나는 일이다. 그러나 현
재의 시간 속에서 순수 과거와 만나는 일은, 과거를 현
재의 자리에서 재현하거나 그 시간으로 회귀하기 위한
움직임이 아니다. 이는 지나가는 것을 지나가는 것으로
만나는 일로, 현재의 시간을 닫혀 있지 않도록 하며, 다
가올 미래로 지금 여기의 문을 열게 한다.

　　언덕은 먼저 가서 언덕이 되어 있었다. 기다리고 있었
　다. 기다리기 싫어서 먼저 안 간 어느 날

　　언덕이 사라지기라도 한 것처럼 눈앞이 캄캄한 적도 있
　지만 언덕을 보면서 언덕을 오르면

　　언덕은 어디 안 가고 거기 있었다. 한번 언덕이 되면 언
　덕은 멈출 수 없다. 가다가 멈춘 언덕이라면 언덕은 다 온
　것이라고. 잠깐 딴생각을 하다가 언덕을 잊어버린 언덕처
　럼 앉아 있으면

　　네가 지나갔다.

—「과거」 부분

여기, 언덕을 오르는 한 사람이 있다. "내가 언덕을 오르고 있어서 언덕은 내려갈 수 없었다." 시간의 흐름은 불가역적이다. "내가 언덕을 오르고" 있다면, "언덕은 내려갈 수" 없는 것으로 '나'와 함께 움직인다. 그럼에도 "언덕은 먼저 가서 언덕이 되어 있었다. 기다리고 있었다"고 한다. '나'가 언덕을 오를 때, 언덕 역시 '나'와 함께 움직이지만, 그렇게 오를 수 있는 것으로 존재하려면, 언덕은 "먼저 가서 언덕이 되어 있었"어야 한다. 일견 당연한 이치를 표현하는 문장으로 보이지만, 시의 말은 이처럼 '나'의 시점이 아닌 언덕의 자리에서 운동을 조직하며, '나'의 시선에서는 포착할 수 없었을 '언덕'이 '언덕'으로 존재할 수 있기 위해서는 그에 앞서 '언덕이 되어'가는 움직임이 함께해야 한다는 사실을 일러준다. 종이 위에 적힌 글자 그 자체는 정지한 채로 머무르지만, 글자의 배열이 만들어내는 시의 문장은 이처럼 존재가 생성하는 현장을 시간의 흐름과 함께 전한다. 또한 언덕의 시점에서 움직임이 말해지는 일과 함께, 다음과 같이 기묘한 일이 일어난다. 마치 언덕에게 마음 같은 것이 있어서 "기다리기 싫어서 먼저 안 간 어느 날"이라는 말이 이어지고, 그 말이 이르는 일이 일어나는 것이다. 그때 '나'는 "언덕이 사라지기라도 한 것처럼 눈앞이 캄캄한 적도 있지만"이라는 고백을 한다.

언덕을 오르는 일을, 시인이 시를 쓰는 일에 빗대어

읽어보면 어떨까. 시를 쓰는 일은 시인이 주체적으로 이행하는 일로 이해되곤 하지만, 글쓰기를 주도하는 자리에는 시인이 아니라, 시어와 시어가 되려 하는 '사물'과 '일어난 일'이 있다. '나'가 오르려는 그곳에 '언덕'이 있어야만 오를 수 있는 것처럼, '언덕'이 먼저 가서 "언덕이 되어" 기다리고 있어야만 '나'는 오를 수 있다. "기다리기 싫어서 먼저 안 간 어느 날"처럼 "언덕이 사라지기라도 한 것처럼" 보이지 않는다면, '나'는 '언덕'에 오를 수 없고 글쓰기 역시 이루어질 수 없을 것이다. 그렇게 "언덕이 사라지기라도 한 것처럼" 겨냥하는 곳이 사라지더라도, "언덕을 보면서 언덕을 오르면"이라는 말과 같이 앞으로 나아간다면 "언덕은 어디 안 가고 거기 있었다"라는 말과 만나게 될 것이다. "자꾸 누우려는 언덕을 일으켜 세우다 보면"(「새」), "한번 언덕이 되면 언덕은 멈출 수" 없는 것으로 존재하며 계속하여 무언가 되어갈 것이다. 이렇게 시의 말이 무언가 되어가는 것으로 움직이려면 한 가지 일이 더 필요하다.

"잠깐 딴생각을 하다가 언덕을 잊어버린 언덕처럼 앉아 있"다는 건 "언덕을 잊어버린 언덕처럼 앉아" 있는 일이다. 이는 스스로를 망각함으로써 어떤 의도나 기획, 나아가 '나'의 바깥으로 나오는 일이다. 그렇게 "언덕을 잊어버린 언덕처럼 앉아 있으면//네가 지나갔다". 포착할 수 없는 움직임으로 지나가는 것, "지나갔다"라는 과거의 말로밖에 부를 수 없는 것, 이를 시의 말로 이르기 위해서는 "언덕을 잊어버린 언덕"처럼 '나'를 잊은 채, 그것을 지나가는 것으로 두어야 한다. 이러한 일은 아무것도 하지 않는 무위의 움직임처럼 보인다. 하지만 이는 모든 인간적인 기준의 의도를 넘어서, 생성하는 삶 그 자체를 긍정하는 일이기도 하다. 또한 '나'의 한계 바깥으로 나아가는 열림을 이루는 일이다. "여기서 나가려면//문을 열기만 하면 된다"(「반창고」).

물론 닫힌 문을 여는 일은 쉽지 않다. 나아가 문을 여는 일은 또한 "멈추지 않고 걸어오는데도//오늘 안으로 도착할 것처럼 보이지 않는"(「미래의 사람」) 것을, 끊임없이 미래의 시간에서 도래할 것으로서만 존재하는 것을 기다리는 일이기도 하다. "노력해도 안 되는 일이 있다." 그러나 "한번 가면 못 나오는" 걸 알면서도, 시인은 "일어난 일을 따라 걷기로 한다"고 말한다(「사실」). 일어난 일을 따라 걷는 일, 시의 말이 만들어가는 길을 따라 함께 가는 일, 이는 모든 의도를 잊은 채 목적지를 정해두지 않고 나아가는 일로, 일반의 시선에서는 방황하는 모습으로 읽힐 수 있다. "언덕을 잊어버린 언덕처럼 앉아 있으면"(「과거」) 나아가는 일에 지쳐 멈춰버린 것처럼 보일 수도 있을 터이다. 그러나 시의 말은 "앉았다 가면 더 오래 갈 수 있다는 듯 앉아 있으면 이 길은 아무데서도 끝나지 않을 거라는 믿음으로//조성되고"(「유원지」) 어디든 갈 수 있게 한다.

"아무 데나 갈 수 있었다. 안 가도 되지만 갈 수 있다면 그보다 좋은 건 없으니까"(「어두운 구석」). 시를 쓰는 일, 그리고 시를 읽는 일은 어디든 갈 수 있게 한다. '어두운 구석'이라는 말은 명백한 것과 달리 무엇으로든, 어디로든 뻗어나갈 힘이 담긴 잠재성을 이르기도 한다. 하나의 의미로 고정된 것이 아니기에, 시를 읽고 쓰는 일과 함께 어디든 갈 수 있기에 '나'는 하나의 정체성으로만, 한곳에만 머무르지 않아도 된다. "어디서나 나를 볼 수" 있게 된다. 시의 문장이 내는 길을 따라 함께 걷는 일은 "누구를 만날 것처럼 가다가 아무도 못 만났는데도 다 만난 것처럼"(「점프슈트를 입고 걸어 다녀」) 하나의 의미로 소진되지 않는다.

5.

「언니가 봤을 수도 있는 풍경」에서 "언니는 시를 쓰니까/언니가 쓰는 대로 될지 어떻게 알아"라는 동생의 말은 실제로 발화된 것이 아니라 '나'의 생각 속에서 일어난 일이다. "동생이 그렇게 말할까 봐 겁은 나는데"라는 말처럼 '쓰는 대로' 무언가 되는 일은 어쩌면 두려운 일이 될지도 모른다. 시의 말이 스스로 일어나 무언가 되어가는 일, 스스로 길을 내며 저절로 움직이는 일은 또한 그 자체로 우연한 일이기도 하다. 우연은 낯선 것과의 만남을, 모르는 것과의 만남을 배제하지 않기에 우리에게 두려움을 안겨준다. 그러나 또한 시에서 '나'는 동생이 "그렇게 말해주면 좋겠다는 생각도 들고"라고 말한다.「언니가 봤을 수도 있는 풍경」에 씌어진 동생의 말은, 시가 잠재적인 것에만 머무르지 않고 현실적인 사건으로 일어날 수 있으리라는 사실을, 시의 역량을 증언하는 일이 될 터이기 때문이다. 따라서 시인은 시의 말이 낸 길을 따라 나아가기로 한다. 시의 말이 더 이상 시에만 머무르는 것이 아니라 그 자체가 현실적인 일로 일어나게 되는 길에 이르고자 한다.

아 추워 그러면서 털 부츠의 따뜻함과 묵직함으로 털모자의 높이와 기모 들어간 스커트의 깊이로 겨울의 감각에 어울리는 사고를 하며 털 부츠 안으로 겨울의 감각이 스며들 때까지 더 이상 겨울을 떠올릴 수 없을 만큼 겨울일 때까지 아는 사람을 만나러 간다.
　　　　　　　　　　　　—「붉은 벽돌로 지은 단층 건물」부분

「붉은 벽돌로 지은 단층 건물」은 어느 추운 날 "아는 사람을 만나러 가는 길"에 일어난 생각들을 전하는 이가 등장한다. 추운 날이라 하였지만, 말하는 이는 이어서

"아직 그렇게 추운 날씨가 아니라면 옷장에 외투가 그냥 있다"는 말로 생각한 것들을 전한다. 이렇게 가정법의 세계가 펼쳐진다. "옷장에 외투가 그냥 있다. 신발장에 털 부츠가 그냥 있다. 장갑이 놓여 있고 머플러가 걸려 있다." 시의 말이 가리키는 사물들은 모두 잠재적인 상태로 머물러 있는 것들이다. 그러나 '그냥 있다'고 일컬어진 외투와 털 부츠 등은 언제든 껴입을 수 있는 것들로 마련된 것들이기도 하다. 언제든 다가올 추운 날씨를 대비한 것으로, '나'를 따뜻하게 감싸줄 것으로 존재한다. 물론 추위가 언제 찾아오게 될지 예측하기는 어렵다. "걸려 있는 머플러가 늘어지다가"라는 표현처럼, 긴 시간을 그대로 옷장 안에 머물러 있어야 할지도 모른다.

　"발에 밟히는 저녁 혹은 어느 날의 아침 한파는 갑작스럽게 찾아오고"라는 말처럼, 추운 날은 불현듯 찾아올 것이다. 이제 '나'의 생각은 추운 날에 대비하여 마련한 것들에 이어서, 그것들을 구체적으로 어떻게 활용하는가에 관한 움직임으로 이행한다. "나는 양말을 두 개 신는다. 장갑 낀 손으로 머플러를 두르다 잘 안 돼서 장갑 벗고 머플러 두른 후 집 밖으로 나와"라는 표현처럼 단단하게 바깥으로 나갈 준비를 하면서도, 그 과정에서 겪을 시행착오에 관해 생각하기도 한다. 이렇듯 문장으로 표현된 것들은 잠재적 층위에서 이루어지는 사고 실험에 의한 것이지만, 마치 실제로 일이 일어나고 있는 것처럼 전개되고 있다.

잠재적인 것을 실제적인 것으로 사유하는 가운데 가정법의 세계에 머무르던 것은 저마다 질을 지닌 감각과 정서가 되어 나름의 형체를 띠기 시작한다. "아 추워"라는 말하기가 낸 길을 따라 "털 부츠의 따뜻함과 묵직함으로 털모자의 높이와 기모 들어간 스커트의 깊이로"라는 문장이 일어난다. 문장들과 함께 '나'는 그 길을 따라간다. "겨울의 감각이 스며들 때까지 더 이상 겨울을 떠올릴 수 없을 만큼 겨울일 때까지 아는 사람을 만나러간다." 이렇게 시의 세계와 실재의 세계가, 잠재적인 세계와 현실 세계가 만난다. 「생활 윤리」에서 "여기 있으려고 그랬던 거다"라며 바깥에 있던 시인은 「붉은 벽돌로 지은 단층 건물」에서 "더 이상 겨울을 떠올릴 수 없을 만큼 겨울일 때까지" 가는 길에 접어들며 안과 밖을 만나게 한다. "아는 사람을 만나러 가는 길"에 했던 생각은 이제 "아는 사람을 만나러 간다"라는 행위와 함께 간다.

　　지금은 없어진 양말을

다시 있게 하려면 어떻게 하면 좋을지 생각해보고 있다. 겨울이 가기 전에 방법을 찾고 싶고 이런 건 어떨지 모르겠다. 누구를 만나더라도 양말 얘기는 꺼내지 않으면서 다니다가 양말 하나는 손에 들고 집에 오는 것. 그렇게 양말이 많아져서 그 정도의 양말이면 뭐든 해볼 수 있겠다 싶을 때까지

　　해보는 것 말이다.
―「그 정도의 양말」 부분

"양말이 가득했다." 그러나 이제는 그 양말이 거의 남지 않게 되었는데, 「그 정도의 양말」에서 '나'는 "나도 왜 그렇게 됐는지 모르겠다"고 한다. "문 열고 나가면 와 있는 계절처럼" 불현듯 그렇게 사라진 것들로서의 양말, '나'는 그것들을 "다시 있게 하려면 어떻게 하면 좋을지 생각해보고 있다"고 말한다. 양말이 표상하는 "부드럽고 따뜻"한 지난 시간으로 되돌아가고 싶은 것일까. 그러나 "지금은 없어진 양말"들은 "볼 때마다 네가 양말을 줘서"라는 말처럼 누군가로부터 전해 받은 것들이다. '나'가 생각해보는 건 "누구를 만나더라도 양말 얘기는 꺼내지 않으면서 다니다가//양말 하나는 손에 들고 집에 오는 것"이다. 다른 누구에게 '양말'에 관해선 말하지 않고 집으로 돌아올 무렵에야 양말을 가지고 오는 일. 그렇게 양말을 하나씩 손에 들고 집에 올 때마다 다른 누군가에게 말하지 않은 비밀들이 생겨날 것이다.

비밀이란 다른 누군가에게 밝히거나 들키지 않은 내밀한 사건을 이른다. 말하지 않음으로써 일어난 일을 하나의 의미로 소진되지 않게 하는 것이기도 하다. 비밀이 되어버린 양말은 그 자체로 다양한 길로 뻗어나가게 될 잠재성을 지닌다. "양말이 많아져서" 가득 쌓이게 된다면 그만큼 비밀도 많아질 것이다. "그 정도의 양말이면 뭐든 해볼 수 있겠다 싶을 때까지//해보는" 일, 그런데 이는 '하지 않음'을 반복하여 하는 일이기도 하다. 이렇게 "지금은 없어진 양말을//다시 있게 하려면 어떻게 하면 좋을지 생각"하는 일은 과거로 회귀하거나 과거를 지금 여기에 재현하려는 움직임과는 다르게 이루어진다. 과거의 요소에서 출발하는 생각과 움직임이지만, '나'는 잠재성의 층위에서 양말을 가져오는 일을 반복하며 비밀을 쌓음으로써, 이 일을 "뭐든 해볼 수 있겠다 싶을 때까지//해보는 것"으로 역량의 증대를 도모한다. 과거에 겪었던 일에 길을 낸 후, 그 길을 왕복하며 새로운 곳으로 뻗어나갈 길을 찾는다.

"양말 하나는 손에 들고 집에 오는 것"으로 비밀을 만드는 일은, 현실 세계에서 현행적인 사건으로 일어난 일이 아니라, 생각 속에서 잠재적으로 일어난 일이다. "이런 건 어떨지 모르겠다"는 말처럼, 시인은 생각 속에서 일어나는 잠재적인 사건들을 따라가며 여러 갈래로 뻗어가는 움직임들을 살핀다. "그날 사과에 대해 우리가 갖게 된 여러 가지 사과의 맛과 종류에 대해, 다양한 표정과 억양으로 이야기를 나누었다면//뭔가 달라지지 않았을까"(「길고 긴 낮과 밤」)라며 후회하지 않기 위해, '그 밖의 어떤 것'들과 함께하는 길을 탐색한다. "이게 하나의 장면에 불과하더라도//구겨버리지만 않는다면 누군가 오고 있다"(「미래의 사람」). 그렇다. 적당한 곳이라 가정된 지점에서 멈추지 않고 "뭐든 해볼 수 있겠다 싶을 때까지", 증대된 역량이 삶에 새로운 일을 일으킬 수 있도록 할 때까지 '해보는 것'을 시도하려 한다.

"해보는 것 말이다." 시인의 시도는, 반복은 지금 여기에 미래의 문을 연다. 문을 열며 일어날 일을, 우연한 만남을 긍정한다. 우연한 만남은 지금 여기의 삶을 과거의 재현으로 붙들어두지 않는다. 반복은 이제 더 이상 과거의 동일한 것을 되풀이하는 움직임에 머무르지 않는다. 미래로 향하는 새로운 길을 낸다. 물론 그렇게 나아가는 일이 언제나 성공하지는 않을 터이다. 그러나 "엄마 기다려요.//다시 해보고 말해줄게요"(「그림 같은 아름다움」)라는 말처럼, 시인은 계속해서 시를 쓰는 일과 함께 갈 수 있는 데까지 가보려 한다. 할 수 있는 데까지 해보려 한다. 그렇게 반복과 함께 이루어지는 말하기는 우리를 한 걸음 더 나아가게 할 것이다. 시와 함께 우리는 더 나아갈 수 있다. 하루를 더 살 수 있다. 지금 여기에서의 삶을 반복할 수 있게 된다. 반복과 함께 다른 오늘을 이루어갈 수 있게 된다. 지속적인 삶이 가능해진다.